바람과
연산으로
만드는 길

바람과 연탄으로 만든 강

허기복 지음

좋은땅

추천사

오래전, CBS라디오에서 〈새롭게 하소서〉라는 프로그램을 진행했던 적이 있습니다. 그때 출연자로 오신 허기복 대표님을 처음 만났습니다. 어언 20년이 다 되어 가네요.

때마침 평소 어려운 이웃들에게 마음이 있던 제가 다른 프로그램을 진행하면서 한 어르신을 만난 즈음이었습니다. 그 어르신은 겨울이면 매일 큰 주전자 한가득 물을 끓여 밤새 그 주전자를 끌어안고 추위를 견디신다고 했어요. 바로 그때 오신 허 대표님의 사연은 듣는 내내 제 가슴을 뛰게 했습니다. 하나님이 만나게 하신 거지요.

방송이 끝나고, 사실 저는 정확한 워딩이 기억나지 않지만, 목사님께서 그러시더군요. 제가 "제 이름을 가져다 쓰세요."라고 했다고요. 아마 맞을 겁니다. 대단치는 않지만 도움이 된다면 뭐든 함께하고 싶었고, 그때의 뛰는 가슴은 지금까지도 변함없으니까요. 연탄은행과의 인연이 그렇게 시작되었습니다.

밥과 연탄으로 만든 길

좋아하는 시 중에 정현종 시인의 「방문객」이 있습니다. 이 시에서는 '한 사람이 온다는 것은 그의 과거와 현재와 미래가 함께 오는 어마어 마한 일'이라고 했죠. 결국 한 사람의 인생이 오는 것과 같으니까요. 그렇지요. 누군가를 만나고, 그와 함께하겠다고 마음을 먹고, 끊임없이 그 일을 해 나가는 것이야말로 진정으로 그의 우주와 함께하는 일일 겁니다.

밥상과 연탄의 얼굴, 아니 그 자체인 허기복 대표님.

수없이 많은 어렵고 힘든 분들의 우주 속으로 뚜벅뚜벅 걸어간 분입니다. 추위와 굶주림에 고통받는 사람들을 그냥 두고 볼 수 없어서 그들의 삶으로 달려든 분, 무려 26년을 그렇게 여전히 현재 진행형으로 살고 계시는 분입니다. 적어도 굶는 사람이 있어서는 안 된다는 마음으로 시작했던 걸음, 어쩌면 무모한 걸음이었지만, 26년이라는 긴 시간을 한결같이 걸어와 이제는 겨릿소처럼 단단하게 걷고 계십니다. 저도 그 우주의 하나로 방문객이 되었다가 20년의 세월을 지내오며 이제 서로의 가족이 되었습니다.

가족이란 게 그렇잖아요, 때로는 좋은 일도 힘든 일도 같이 겪어 내는 관계……. 이런저런 힘든 시간도 보아 왔고, 연이어 수많은 일을 거뜬히 이루어 내시는 모습도 보아 왔습니다. 어쩜 저렇게 거침없이 해 나가시나 싶으면서, 또 얼마나 감사한지요. 잠깐 좋은 일들을 할 수는 있어도 긴 시간을 함께한다는 것은 그야말로 '찐'이지요. 사랑하는 마음이 없이는 결코 할 수 없습니다.

사랑으로 가득한 그 긴 시간과 짙은 이야기들을 어찌 이 한 권의 책에 다 담을 수 있을까요. 그래도 그간의 이야기들이 추려져서 이 책에 담겨 있습니다. 마음만 있었을 뿐, 세련되지 못했던 걸음까지도 말이죠.

허기복 저자님 스스로도 이 책을 '연탄 배달 목사의 달달한 노가다 복지'를 남았다고 소개합니다. 그의 소망대로 당장 손길이 미치지 못하는 곳을 위하는 동시에 내일을 추구하는 자립과 자활의 정신이 이 책을 통해서 온 세상 곳곳에 팝콘 터지듯이 팡팡 터져 나가기를 기대합니다.

물론 이 책은 허기복이라는 한 사람만의 이야기가 아닙니다. 가장 먼저 이 모든 일을 이루어 가시는 하나님, 감사합니다. 또 이름도 빛도 없이 묵묵히 같이 감당해 온 사모님과 가족들, 직원들, 활동가들, 봉사자와 후원자들……, 무엇보다 힘들고 어려운 삶 속에서도 잘 견뎌 주신 어르신들까지, 참 감사한 우리 모두의 이야기입니다.

'작은 거인', 요즘은 허기복 대표님을 뵐 때마다 이 말이 떠오릅니

밥과 연탄으로 만든 길

다. 실제로는 키가 좀 작은 편이시지만요~^^

대표님!
가시는 길에 저를 붙여 주셔서 정말 감사해요. 건강하셔야 합니다.
그래야 오래 보지요.
또 뵈어요!

연탄은행과 함께해서 늘 감사한
홍보대사 정애리

나는 장순분입니다 백사마을에
1960년대에 목사님은 만났읍니다
지금까지 배고프면 쌀도 주고
추울때 연탄주고 쌀 날종는때
나들이 도내 주고 힘들땐 치겨
주서 너무 감사한데 그런
내용이 책으로 나와서 기쁩니다
책이 나온다는 소식에 잠을
못잤어요

힘들지만 약해지지 말고 손잡고
같이 살아 가자는 내용이 책으르로
나 돼서 너무 좋아요 내가 대표자
라고 할수는 없 지만은 연탄 때는
힘든 사람들을 대신 해서 이 책을
추천 하게 되서 영광스럽 게

생각 합니다 많은 분들이 이 책을 읽고
이웃을 생각 하는 사람들이 대한 민국에
많이 생기면 충 좋겠습니다 나같은
90 노인내도 읽으니 다들 읽고 연탄들데
나누 주고 싶은 마음이 생기길바 랍니다
책 나온거 축하 합니다

백사마을 연탄가족 장순분 어르신

프롤로그

윈터링(wintering), 사전적 의미로 동물이나 식물 등이 겨울나기를 준비하는 일을 이르는 말이다. 곰이나 너구리는 겨울잠에 돌입하기 전에 다량의 먹이를 먹어 몸에 많은 지방을 저장하고, 철새들은 추위가 닥치기 전에 따뜻한 곳으로 이동한다. 식물도 저마다의 방법으로 윈터링을 한다. 나무들은 잎이 떨어진 가지 끝에 털이나 끈끈한 즙으로 싸인 겨울눈을 만들어서 그 안에 꽃눈과 잎눈을 숨긴다. 감자나 토란처럼 땅속줄기 상태로 겨울을 나는 식물도 있다.

동식물뿐만 아니라 사람도 마찬가지다. 다가올 겨울을 대하는 각자의 방식에 따라 윈터링, 즉 겨울나기 준비를 시작한다. 누군가에게 겨울은 낭만의 시간일 수도 있고, 재충전의 시간일 수도 있다. 어떤 이는 설원을 누비는 겨울 여행을 떠올리며 설렐 테고, 또 어떤 이는 가족과 보낼 따뜻하고 풍요로운 시간을 기대할 터다. 반대로 누군가에게 겨울은 혹독함 그 자체로 두렵기 그지없는 계절이다. 이번 겨울은 또 얼마나 고된 시간일지 생각하면 걱정부터 앞서 한숨이 깊어진다.

밥과 연탄으로 만든 길

가난한 사람은 겨울이 두렵다. 이들에게 겨울은 먹거리와 땔거리가 가장 아쉬운 생존의 계절이기 때문이다. 이 혹독한 계절은 다른 때보다 더 큰 비용과 더 많은 돌봄이 필요하다. 가난한 사람의 겨울은 길다. 어둠이 더 빨리 찾아오기에 늘 어두컴컴하고 을씨년스러우며, 몰아치는 찬바람이 언제나 멈출지 도무지 알 수 없기 때문이다. 이렇게 어둡고 추운 공간에 홀로 덩그러니 놓인 자신의 초라한 모습에 서글프기가 한이 없다. 더 큰 문제는 길고 모진 시간이 흘러 기온이 오르고 꽃이 피어도 가난한 사람의 겨울은 끝나지 않는다는 사실이다. 이들에게 겨울이란 단순히 사계절 중 하나가 아니라, 멈추지 않는 영혼의 추위인 탓이다.

원주천 쌍다리 둔치에서 무료급식을 시작했던 날부터 지금까지, 나는 언제나 그런 겨울을 마음에 두고 놓지 않았다. 세상으로부터 단절되거나 거부당해 점점 더 멀리 떠밀리는 사람들, 대열에서 벗어나 낙오자로 치부된 사람들, 분명히 존재하나 존재하지 않는 것처럼 여겨지는 사람들……. 이런 이들의 겨울을 도저히 그냥 지나칠 수가 없었다. 나는 따뜻한 곳에서 배부르게 먹는데 내 손이 닿지 않은 어딘가에 웅크린 채 혹독한 겨울을 나는 사람들이 있을까 봐 늘 불안했다. 혹여 내 안일함과 게으름으로 그들이 홀로 이불을 뒤집어쓴 채 외로이 겨울을 나게 될까 봐 속을 태웠다.

그래서 나는 밥상을 차리고 연탄을 날랐다. 그저 누군가가 배고픔과 추위에 내몰리지 않게 하고자 시작한 일이었다. 마음이 앞서니 몸이 지쳐도 힘들지 않았고, 욕을 먹어도 들리지 않았다. 칭찬과 감사는 나를 더 낮아지게 하고, 시련과 갈등은 나를 더 성장시켰다. 그렇게 26년을 지나오면서 밥과 연탄은 빛나는 순간을 수없이 탄생시켰다. 이 순간들은 내가 오늘도 내일도 계속해서 밥상을 차리고 연탄을 나르게 하는 힘이 되어 준다.

이 책은 더없이 특별하고 아름다운, 바로 그 순간들의 모음이다. 이 순간들은 결코 나 혼자의 것이 아니다. 밥과 연탄에 따뜻한 마음과 손을 보탠 수많은 자원봉사자와 후원자, 늘 힘이 되어 주는 가족 같은 이사들과 직원들, 그리고 귀하신 우리 어르신들과 함께한 것이다.

매년 10월, 밥상공동체 연탄은행은 윈터링을 시작한다. 이때부터 이듬해 3월까지, 우리는 다시 돌아온 겨울을 꿋꿋이 살아 낸다. 스물일곱 번째 윈터링을 앞두고 있다. 이번 겨울나기는 또 어떤 특별한 순간들을 만들어 낼지 기대하고 있다.

2024. 04.

섬김이 허기복

목차

제1장

시작들: 길이 없는 땅에서 길을 만들며 가다

제2장

성장들: 신명 나는 복지가 계속된다

제3장

애환들: 연은 바람결에 뜬다

제4장

만남들: 밥과 연탄을 들고 세계로

제5장

생각들 I: 허기를 채우고 온기를 느끼다

제7장

생각들 II: 더 나은 세상을 향하여

시작들:
길이 없는 땅에서
길을 만들며 가다

지금의 밥상공동체 연탄은행의 모습이 되기까지 수많은 '시작들'이 있었다. 매번의 시작은 가능성이 아니라 사랑하는 마음에서 생겨났다. 가능성을 따졌다면 아무 일도 해내지 못했을 것이다. 다만 나로서는 다른 선택의 여지가 없었으므로 어둠 속을 더듬고 더듬어 겨우 길을 찾고, 어딘가에 있을 밝은 빛을 찾아 헤맸다. 그것은 길고도 험난한 과정이었다.

계획된 우연,
밥상을 차리다

우연한 시작

나는 목사로서 그리고 개인으로서 우연히 어려운 이웃을 돕는 일에 뛰어들게 되었다. 1997년의 가을에서 1998년의 봄으로 이어지던 당시가 나를 포함한 모두에게 그리 편치 않은 시절이었던 까닭이다. 국가 부도의 위기 속에서 실직자, 독거노인, 노숙자 등이 하루가 다르게 늘어나고 있었다. 목회자로서 교회 밖에 배고픔에 굶주린 사람들이 있는데 교회 안에서만 머물며 경건하게 기도나 설교에만 치중할 수는 없었다.

1994년 가을, 나는 원주 의관교회에 담임목사로 왔다. 재정 상태가 좋지 않거나 낙후 지역에 있어 담임목사를 청빙하기 어려운 교회에 조건 없이 봉사하겠다는 마음이었다. 하지만 3년이 지나면서 처음의

밥과 연탄으로 만든 길

포부나 계획이 무색하게 시간만 흘려보냈다는 생각이 마음 깊은 곳에서 가시지 않았다. 그즈음 대한민국은 IMF(국제통화기금)의 긴급 구제금융 지원을 받게 되는 초유의 사태를 맞이했다. 시장이 무너졌고, 수백만에 달하는 사람이 절망을 경험했다. 며칠 전만 해도 장사하던 가게가 하루아침에 문을 닫았고, 실업자가 속출했으며, 배를 곯으며 추위에 떠는 사람들이 생겼다. 매섭고 차가운 겨울바람이 불던 원주역, 내가 건넨 1만 원짜리 지폐 한 장을 새까만 손으로 꼭 쥔 채 천천히 멀어지던 어느 걸인의 뒷모습을 지금도 잊을 수 없다. 그는 그걸로 하루라도 날 수 있을까 싶을 정도로 낡고 허름한 겉옷을 굽은 등에 걸치고 있었다. 낡았지만 구두를 신고 방한 점퍼를 입은 나와 대비되는 그 모습은 지금까지도 머릿속에 남아 있다.

돌이켜 보면 그때 나는 목회자로서 욕구가 충족되지 않은 내면, 그리고 급변하는 사회경제 상황으로 안팎이 모두 둘러싸인 상태였던 것 같다. 바깥에 빈곤과 굶주림으로 고통받는 사람들이 분명히 있는데, 목사랍시고 교회라는 울타리 안에 머무는 나 자신이 부끄러웠다. 문득 당장 이웃의 주린 배를 채워 주지도 못하면서 하나님 말씀만 전하는 것이 공허하게 느껴졌다.

오직 나만이 느끼는 죄스러운 마음, 이것이 바로 모든 일의 '우연한 시작'이었다.

교회 담장을 넘어

'밥상'과 '공동체'는 신학생이던 시절부터 생각해 온 말이다. 배를 곯을 정도로 지독하게 가난했던 유년의 기억 때문인지, 하나님의 뜻으로 더 나은 세상을 만들고 싶은 젊은 목사의 바람 때문인지, 이 두 단어가 늘 내 머릿속을 맴돌았다. 이제야말로 밖으로 꺼내어 실천해야 할 때가 왔다고 생각했다.

담임하던 의관교회 교인들은 '밥상공동체'라는 것을 만들어 어려운 이웃을 위해 밥을 나누겠다는 내 말에 대체로 나쁘지 않은 반응을 보였다. 다만 밥상공동체를 바라보는 방향이 나와 조금 달랐다. 나와 교인들은 이전부터 양로원 방문, 아동 상담, 병원 도서 보급 등 다양한 행사와 봉사 활동을 펼쳐 왔다. 아마도 밥상공동체 역시 이런 활동 중 하나로 보았던 것 같다. 어려운 시기에 교회에서 밥을 나누면 교인도 많아지고, 교회가 부흥하는 계기가 되리라 기대하는 눈치였다. 그런데 정작 담임목사인 내가 교회 밖으로 나가 밥을 나누겠다고 하니 반대가 거셌다.

나는 처음부터 밥상공동체가 '교회에서 하는 무료급식'이 되어서는 안 된다고 보았다. '우리 교회'라는 구분을 없애고, 신앙을 넘어 어려운 이웃을 섬기는 일이야말로 내가 생각한 밥상공동체의 모습에 더

부합한다고 여겼다. 하나님은 교회 밖에서 더 하나님이 되신다는 생각을 가졌다. 우려하는 교인들을 달래고 설득하다가 나중에는 급기야 2주 동안 금식기도까지 해서 마침내 동의를 얻어냈다. 돈도 후원도 없었지만, 교회 밖에서 하되 교회 헌금은 일절 쓰지 않기로 약속했다.

일단 하기로는 결정이 났는데, 확보된 재원은 하나도 없고 앞으로도 가능성은 거의 없어 보였다. 간절히 기도를 드리던 어느 날, 정말 놀랍게도 밥을 제공하겠다는 기업과 연이 닿았다. 학교 급식업체였는데 내 이야기를 들었다면서 아무 조건 없이 매일 밥을 후원하겠다고 했다. 밥뿐 아니라 밥통과 국통 등 급식에 필요한 여러 집기, 생수까지도 지원한다고 했다. 어찌나 반갑고 고마운지 연신 감사의 말을 전했다. 우선 나눌 밥이 확보되니 힘이 났다. 이제는 서서히 길이 보이는 것 같았다.

즉각 장소를 찾기 시작했다. 많은 사람이 모일 수 있되, 너무 개방되거나 너무 폐쇄적이지 않은 곳을 원했다. 급식을 받아서 먹는 모습이 적나라하게 드러나지 않으면서도, 그렇다고 숨어서 먹는 것 같은 느낌이 들지 않는 장소여야 했다. 이외에 접근 용이성, 안전, 기상 변화까지 이것저것 전부 따져서 고르고 고른 곳이 바로 원주천 쌍다리 아래다. 내가 직접 원주시장을 면담해서 지나친 민원만 없다면 사용 가능하다는 확언을 받았다.

밥과 장소가 해결되니 일이 거의 다 된 것이나 다름없었다. 밥을 나를 손수레와 밥상, 깔판 등은 사비로 준비했고, 각종 집기를 보관할 컨테이너도 따로 후원받았다. 자원봉사자는 담임하던 교회의 교인들과 생활정보지를 통해 신청한 분들을 모셨다. 불과 얼마 전까지만 해도 뭐부터 손대야 할지 모를 정도로 아무것도 없었는데, 이렇게 하나씩 갖춰지다니 설레기도 하고 보면서도 믿기지 않았다.

밥상의 철학

물론 어렵고 힘겹게 사는 분들을 돕는 방법은 다양하다. 취업 지원이나 주거 지원, 상담 등 다른 여러 가지 방면으로도 도움을 드릴 수 있다. 하지만 그런 일들은 내가 드린다고 해서 그분들이 전부 받을 수 있지 않았다. 사람이나 상황에 따라서 할 수도, 하지 않을 수도 있는 일이었다. 반면에 밥은 선택의 여지가 없이 늘 되돌아오는 것이었다. 지긋지긋한 가난을 끝낼 힘은 결국 밥상에서 나오지 않겠는가! 그래서 다른 것들을 그려 보기 전에, 우선 밥부터 나누기로 했다.

하찮은 밥상이라도 밥은 근본의 문제다. "언제 밥 한번 먹자.", "다 먹고살자고 하는 일.", "밥은 먹었냐…….", 이런 말들에서도 짐작할 수 있듯이 평범한 일상을 사는 우리 삶에서 밥은 근원과 같은 것이다. 하늘을 혼자 소유할 수 없듯이 밥도 함께 나눠 먹고 살라는 것이 하늘의 명령이고 인간의 도리다. 끼니를 걱정하는 사람이 있는 세상, 이웃의 주린 배를 채우지 못하는 세상, 그런 세상에서 '식구'라는 공동체는 무너진다. 다른 것을 아무리 많이 드려도 밥이 없으면 아무 소용도 없다. 밥이 없으면 집이 있어도 차디찬 냉골이고, 옷을 입어도 찬바람이 뼛속까지 파고든다.

이런 이유로 무엇보다 푸근하고 따스한 밥을 나누기로 했다. 그런 밥상이 있는 모습이 밥상공동체의 원형이라 할 수 있다. 종종 1인분에 얼마인지, 혹은 정말 무료인지 묻는 분들도 있었다. 무료라고 해도 도통 믿지 않고, 혹시 교회에 헌금을 따로 내야 하냐고 묻기도 했다. 밥상은 밥상일 뿐, 얼마라고 말할 수 없다. 누군가의 삶에 바탕이자 힘이 되어 줄 밥상에 어찌 가격을 매길 수 있겠는가?

우리가 내어드리는 밥상은 무료지만, 절대 '공짜'는 아니었다. 밥을 얻어먹는다거나 남에게 신세 지며 산다고 느낄까 봐 파지나 공병, 뭐든지 건네는 것을 밥값으로 받았다. 그마저도 없으면 식사하러 올 때, 길에 버려진 박스, 깡통 같은 거라도 주워 오면 되었다. 물론 아무것도 안 가져와도 괜찮았다. 하지만 그렇게라도 받으면 밥값을 냈으니 당당하게 먹을 근거가 생기고, 주변 환경도 정화하는 두 가지 효과가 있어서 좋았다. 매일 급식소 앞에는 각자 마련해 온 '밥값'을 든 사람들이 길게 줄을 섰다. 그러면 우리는 그 밥값을 "잘 가져오셨다."라고 반기며 맛있게 잡수시라고 인사했다.

내가 생각한 밥상공동체는 누구나 편히 와서 밥을 먹고, 어서 와 맛있게 먹으라고 손짓하는 사람들이 있는 곳이다. 사는 것이 어렵고 힘들어 배고파하는 사람이라면 누구든 밥상을 앞에 두고 잠시 쉬어 갈 수 있는 곳이다. 나는 우리의 밥상이 순간의 허기를 달래고 한 끼의 시름을 덜어 주는 것이기를 바랐다. 그 밥상이 위로였기를, 춥고 어두운 긴 터널을 뚜벅뚜벅 걸어갈 힘이 되기를, 늘 바라왔다.

스물셋 신학생 시절부터 떠올렸던 밥상공동체가 그렇게 마흔셋의 나이에 현실이 되었다.

쌍다리 출애굽

1998년 봄에 원주천 쌍다리 아래에서 시작한 밥상공동체 무료급식은 계절이 바뀌면서 첫 번째 문제에 봉착했다. 학교들이 여름 방학을 시작하면서 급식이 일시 중단된 것이다. 그 말인즉슨 우리에게 후원될 음식도 없다는 의미다. 사실 언제까지 음식을 받을 수도 없는 노릇이고, 자구책을 마련하기는 해야 했다. 우선 가장 필요한 건 밥, 밥을 지을 쌀이었다. 그래서 시작한 것이 바로 '쌀 한 되 모으기' 운동이다.

자원봉사자들이 밤새 만든 쌀자루를 담은 박스와 홍보 전단을 챙겨 사람이 많은 거리로 나갔다. 어렵고 힘든 이웃에게 밥을 나누려고 하니 집에 있는 쌀 한 되만 퍼다 달라고 목이 터져라 외쳤다. 반응이 시원찮을까 봐 걱정했지만, 밥 지을 쌀이 없다는 호소가 시민들에게 가닿은 듯했다. 어느 집이고 쌀은 있으니 자루를 가져가 쌀을 담아 오는 분도 많았고, 슬쩍 와서 박스 안에 돈을 넣어 주고 가는 분도 있었다. 그렇게 한 달을 꼬박 거리에 서서 외쳤더니 80킬로그램 쌀 30가마가 모였다.

여름이 지나고 가을, 이어서 겨울을 앞두고서 두 번째 문제가 생겼다. 다른 계절에는 쌍다리 아래가 뜨거운 해를 피하고 시원한 바람이 솔솔 부는 좋은 자리였지만, 한겨울에는 찬바람이 쌩쌩 부는 한데에 불과했다. 이제 곧 날은 더 차가워지고 길이 미끄러워질 테니 당장 급식소 마련이 시급했다. 좋은 자리를 찾아 근처를 샅샅이 뒤지던 어느 날, 원주 KBS 방송국 옆 넓은 주차장이 참 좋아 보였다. 탐나는 자리라 냅다 앞에 기둥을 붙들고 기도를 시작했다. 한참 기도하는데 뒤에서 누가 나를 툭 쳤다. 경비원이 의심 가득한 눈빛으로 나를 쏘아보고 있었다. 어찌나 당황했는지 말도 제대로 못 하고 급하게 그냥 돌아 나왔다. 그 와중에도 마지막에 "예수님의 이름으로 기도합니다."를 못 한 것이 영 찝찝했다. 아, 기도 마무리를 잘했으면 방송국 한쪽에 급식소가 생겼을 텐데……. 한숨을 쉬며 고개를 든 순간, 내 눈앞에 새로 지은 조립식 건물이 환하게 반짝거리고 있었다!

건물 주인을 만나 5,000만 원이라는 보증금을 건물의 절반만 쓰는 조건으로 2,000만 원까지 조정했다. 물론 그 돈도 없었지만, 일단 한 고비는 넘긴 것 같았다. 믿을 데는 또 시민들뿐이어서 급식소 마련을 위한 '천 원의 사랑을 모으는 운동', 이름하여 '천사운동'에 박차를 가했다. 거리 홍보는 물론이고 아파트와 주택단지마다 찾아다니면서 후원을 부탁했다. 일부러 집에 사람이 있는 저녁 시간에 주로 방문했는데 그러다 보면 한밤중이 되기가 일쑤였다. 초인종을 누르면 주무시다가 문을 열어 주는 일도 있었으니, 지금 생각하면 참 결례였다. 여하튼 이렇게 수많은 응원과 지지에 힘입어 40여 일 만에 급식소 보증금을 마련했다.

버젓한 급식소가 생기자 찾아와 밥을 드시는 분이 늘어났다. 라디오나 텔레비전에 우리 이야기가 소개되면서 먼저 후원하겠다고 연락이 오는 곳도 점차 늘어났다. 1년 후에는 그동안 간간이 방송 출연으로 모은 돈과 후원금, 얼마 안 되는 사재를 그야말로 탈탈 털어서 급식소 옆 땅을 샀다. 건축비는 없지만, 우리가 직접 지으면 되는 문제였다. 밥상공동체 사람들이 건설 현장에 가서 합판을 얻어 오고, 어르신들은 스티로폼을 날랐다. 나는 쇠 파이프를 구해다가 기둥을 세웠다. 비록 볼품없는 임시 가건물이지만, 완벽하게 우리 밥상공동체의

밥과 연탄으로 만든 길

공간이 생긴 것이다.

쌍다리에서 원동(급식소를 마련한 곳의 지명이다)까지, 나는 이 이야기를 '쌍다리 출애굽'이라고 부른다. 이스라엘 민족이 모세의 인도로 이집트를 떠나 해방되어 나온 것처럼 밥상공동체가 원주천 쌍다리 아래에서 나와 원동에 우리만의 공간을 세웠다는 의미다.

물론 쌍다리는 평생 잊지 못할 감사한 곳이자 밥상공동체의 상징과도 같은 곳이다. 이와 별개로 이른바 '원동 시대'가 열리며 밥상공동체가 드디어 제대로 뿌리를 내리기 시작한다는 느낌이 들었다. 입구에 '밥상공동체' 간판을 달아 놓으니, 우리의 공간이 생겼다는 사실 하나만으로도 안심이 되었다. 밥을 드시러 오는 분들 역시 마찬가지이지 않았을까? '내일도 이곳에서 한 끼를 해결할 수 있을까.', '내일부터는 운영을 안 하면 어쩌지…….', 이런 염려는 크게 줄었을 테니 말이다. 그 작은 안도와 평안은 모두 시민들이 건넨 쌀 한 되, 천 원짜리 지폐 한 장, 그리고 밥상공동체 식구들이 직접 만들어 낸 것이었다.

우연을 필연으로

어쩌면 충분히 있을 법한 일이었다. 원래 형편이 어렵거나 곤경에 처한 사람을 보면 안타깝고 도우려는 마음이 드는 것이 인간의 본성이니 말이다. 특히 그때는 국난이라 불릴 정도로 사회경제가 침체한 상황이었기에 기꺼이 사회적 역할을 자처한 개인이나 기업, 단체 등이 많았다. 그러나 대부분 상황이 호전되자 일시적으로 맡은 역할을 내려놓고 다시 원래의 자리로 돌아가려 했다. 이와 달리 내 경우에는 위기 상황에서 시작한 일이 평생의 소명이 되었다. 나는 이후로도 계속 교회 밖에서 배고픈 이들을 위한 밥상을 차렸다.

내가 꿈꾸었던 밥상공동체는 지역사회를 중심으로 하는 장기적이고 지속적인 시민운동이었다. 일시적인 단발성 활동으로 끝난다면 무의미하다고 여겼기에 문만 열어 놓고 기다리지 않았다. 지역의 생활정보지나 유선 방송을 찾아가 무료 광고를 부탁했고, 공공기관, 지역 활동가, 사회복지 전문가를 만나 자문과 협력을 요청했다. 지역사회를 중심으로 하는 장기적이고 지속적인 시민운동으로 확대될 수 있도록 차곡차곡 기반을 다졌다.

우리는 인생에서 무수히 많은 우연한 사건들을 만나고, 그로부터 긍정적 혹은 부정적 영향을 받는다. 같은 일을 겪어도 어떤 이는 그것을 성공의 기회로 삼는가 하면, 또 어떤 이는 그로 인해 실패와 좌절을 겪는다. 이처럼 우연히 만나는 사건 중에서 개인에게 긍정적인 영향을 미치는 경우를 '계획된 우연'이라고 한다. 이 글의 시작에서 '우연히 어려운 이웃을 돕는 일에 뛰어들게 되었다.'라고 했다. 원주

밥과 연탄으로 만든 길

역에서 만난 걸인, 사회 빈민 선교에 대한 목마름, 나라의 경제적 침체……, 이런 우연들이 거의 동시에 내게 일어났다. 그리고 오랫동안 내 머릿속을 떠나지 않은 '밥상', '공동체'와 맞물려 나를 지금의 나로 만들었다. 내게 온 '계획된 우연'이었던 셈이다.

계획된 우연들로 나는 밥상을 차리기 시작했다. 이 대수롭지 않은 행동에 많은 사람이 호응했고, 나는 그 호응에 감동해 더 힘을 냈다. 원주천 쌍다리 아래에서 그렇게 시작된 여정이 오늘날까지 이어지고 있다. 이 여정의 종착점은 나눔과 섬김을 통해 공동체를 세우고, 가난해도 기죽지 않고 당당하게 살아가는 자긍성을 실현하는 것이다.

공동체를
향하여

희망이 머무는 곳

본격적으로 사회의 가장 낮고 어려운 삶의 현장에 뛰어들고 보니
눈을 어느 쪽으로 돌려도 사방에 할 일만 보였다. 나는 매일 기부와
후원, 협력을 구하기 위해 동분서주하면서 적어도 하루에 한 사람에
게만이라도 도움이 될 수 있기를 바랐다. 도움을 받은 사람이 또 다른
사람에게 도움을 건네어 점차 더 많은 사람이 서로 도움을 주고받는
사회가 되기를 바랐다. 다행히 많은 분이 내 뜻을 알아보고 도와주신
덕에 초기의 무료급식에서 생활 상담, 취업 연계와 주거 지원, 무료
진료 등으로 영역을 확대할 수 있었다.

밥상공동체에는 영세 어르신, 실직자, 노숙인, 부랑자 등이 매일
200~300명씩 찾아왔다. 그들과 함께 식사하며 이야기를 나누면서 나

밥과 연탄으로 만든 길

는 가난이 야기하는 무력감과 실의에 대해 더 많은 것을 이해하게 되었다. 모두가 저마다의 아픔과 슬픔을 간직하고 있었다. 평생 가난하게 산 사람, 느닷없이 가난해진 사람, 가족이 없어 혼자인 사람, 가족이 있어도 혼자인 사람, 타인에 의해 가난으로 떠밀린 사람, 스스로 불행을 자초한 사람……, 어떤 상황이든 모두 간신히 끼니를 이을 정도의 푼돈을 손에 쥐기 위해 필사적으로 몸부림치고 있었다. 따지고 보면 많지도 않은 돈인데 그 돈이 사람을 이토록 비참하게 만든다니 터무니없다는 생각이 들었다. 모두가 대체 언제 끝날지 모르는 전쟁과 같은 삶 속에서 더할 수 없이 슬프고 암담하게 살고 있었다.

무엇보다 가장 시급한 문제는 주거와 일자리였다. 우선 이 문제가 해결되지 않으면 매일 아무리 애를 써도 가난의 늪에서 벗어나 끼니를 걱정하지 않는 날이 오기는 불가능했다. 일자리야 같이 건설 현장 같은 곳을 찾아다니며 부탁할 수 있지만, 문제는 머물 곳이었다. 당장 오늘 밤에 잘 곳이 없어서 노숙해야 한다는데 "네, 그러시군요."라고 할 수는 없었다. 급한 대로 의관교회 2층을 쉼터로 마련해서 잠자리를 제공했다. 쉼터 이용자는 점점 더 늘어나 나중에는 다른 교회 목사님의 양해를 구해 그쪽으로 보내야 할 정도가 되었다. 하지만 이는 임시방편일 뿐, 언제까지나 교회 건물을 계속 쉼터로 사용할 수도 없는 노릇이었다. 급식소처럼 쉼터도 독립해야 한다는 생각에 제대로 된 공간을 마련하기로 했다. 보증금 없이 월세 5만 원에 독채 세 칸을 얻어 노숙인 쉼터를 마련하고 '희망타운'이라 이름 지었다. 몇 개월 후에는 희망타운 2호도 생겼다.

1999년 12월, 단독주택을 전세로 얻어 희망타운 1호와 2호를 통합한 '밥상공동체 사회봉사관'이 문을 열었다. 강원도 내 최초의 노숙인 쉼터였다.

일해서 돈 버는 행복

이른 새벽부터 용역시장과 건축 현장, 건물 관리업체, 목욕탕 등으로 쉼터 식구들의 일자리를 찾아 나섰다. 내가 부탁하고 보증까지 서가며 취업도 꽤 많이 시켰지만, 이런 방식은 아무래도 한계가 있었다. 대부분 일용직이거나 단순한 일자리여서 연속성도 없고, 나이가 많거나 건강이 좋지 않으면 그마저도 힘들었다. 또 언제까지나 부탁과 사정으로 해결할 수도 없는 일이었다. 스스로 돈벌이가 되는 일을 찾아 자립할 발판을 만드는 것이 급선무였다. 희망타운은 자립을 위해 잠시 머무는 곳일 뿐, 최종 목적지는 아니기 때문이다.

자체적으로 일자리를 만들고 '보람일터'라 이름 지었다. 이곳에서 매일 20여 명이 교통안전 도우미, 거리 환경 도우미, 도서 보급, 무료 집수리, 의류 수거, 노약자 승하차 도우미 등의 일을 했다. 처음에는

밥과 연탄으로 만든 길

일당이 5,000원이었지만, 나중에 자활 일터로 선정되어 하루 일해서 25,000원씩 받는 자립 맞춤 일터로 자리 잡았다. 보람일터는 종사자들만이 아니라 일반 시민들의 반응도 컸고 언론의 주목도 꽤 받았다. 자신감을 얻어 실직자와 노숙인을 위한 자활사업을 좀 더 확대하기로 했다. 고물이 아닌 보물을 줍는 '보물상', 구두가 아니라 삶을 새롭게 고치는 '구두대학', 빛나는 행복을 구워 내는 '황금빵집' 등을 열었다.

쉼터나 일터의 최종 목표는 당연히 자활이다. 생계가 불안정한 취약계층에게 경제 활동의 기회를 제공함으로써 노동을 통해 자립하게 하는 것이다. 특히 더 중요하게 생각했던 부분은 노동과 경제적 자립을 통해 향상하는 자기 효능감이었다. 실직자, 노숙인 등으로 태어나는 사람 없고, 스스로 원해서 그렇게 되는 경우도 없다. 이런 분들은 죄를 짓지도 않았는데 이상하게도 대부분 의기소침하고 잔뜩 주눅이 들어 있다. 나는 이들이 자기 내면의 힘을 발견하고 삶에 대한 의욕을 회복하여 스스로 소외와 배척을 극복하기를 바랐다. 혼자서는 어렵겠지만, 밥상공동체 안에서는 충분히 가능한 일이라고 믿었다.

파랑새가 사는 보물상

무료급식을 마치면 오후에는 희망타운 사람들과 함께 경운기를 타고 고물을 수거하러 다녔다. 이걸로 하루 1만 원 남짓 되는 돈을 벌 수 있었다. 목사님이 고물 수거까지 같이 다니냐고 하는 사람도 있었지만, 꼭 필요한 일이었다.

뭐든 같이 해야 한다. "거리 생활을 벗어나려면 최대한 빨리 일자리를 찾아라.", "일할 때는 근성 있게 해야 한다.", "고물이라도 수거해서 팔면 좋다…….", 이런 말 한마디로 해결될 일 같았으면 애초에 노숙인이 존재하지도 않았을 것이다. 그들도 몰라서 안 하는 것이 아니다. 어디서부터 어떻게 해야 하는지 해 본 적도, 배운 적도 없어서 못 하는 것이다. 같이하면서 서로 통해야 다음 단계로 넘어갈 수 있다.

수거해 온 고물이 점점 쌓이기 시작하면서 아예 우리가 고물상을 차려 보면 어떨까 싶은 생각이 들었다. 그리하여 만든 것이 '보물상'이다. 거리에 버려진 하찮은 고물이라도 보물이 될 수 있다는 뜻, 삶을 보물처럼 여기고 살겠다는 뜻을 모두 담았다. 우리 보물상은 청와대에 초청받아 쟁쟁한 기업인들과 어깨를 나란히 한 유명 CEO도 배출한 바 있다.

이도열 씨는 일주일을 굶은 채로 급식소를 찾았다. 밥맛이 좋은지 물어도 고개만 끄덕이기를 며칠 하더니 차츰 말문을 열었다. 그는 원래 경남 산청에서 농사를 지었는데 잘되지 않아 대출을 갚지 못했고,

밥과 연탄으로 만든 길

IMF 사태로 일자리를 구하지 못해 가세가 크게 기울었다. 아내마저 가출하자 처가가 있는 원주에 찾으러 왔는데 아내는 찾지도 못하고 돈까지 떨어져 오도 가도 못 하고 노숙자 신세가 되었다. 안 좋은 생각까지 했다가 부모님께 맡기고 온 아이들이 떠올라 그만두었다고 했다. 그 말에 차마 그냥 보낼 수 없어 당장 쉼터로 안내했다. 처음에는 집수리나 고물 수거를 하게 했다가 일하는 모습을 보니 워낙 성실하고 책임감도 있어 보물상 일을 전적으로 맡겼다. 이후로 그는 한결같이 열심히 일하며 번 돈을 허투루 쓰지 않고 모두 차곡차곡 모았다. 그 돈으로 살림집을 마련해 아이들도 원주로 데려왔다. '보물상 CEO'로 사연이 방송에 소개된 이도열 씨는 전국자활대상을 받아 청와대에 초대되었다. 며칠 후, 대통령한테 받은 선물이라며 내게 준다고 가져왔길래 사양하느라 혼났다.

파랑새는 먼 곳에 있지 않다. 동화 속 파랑새도 결국 집 안의 새장에 있지 않았던가. 파랑새를 찾기 위해 가장 먼저 해야 할 일은 현재에 충실하는 것이다. 일의 크기나 겉모습은 중요하지 않다. 희망타운 사람들이 고물을 수거해서 자립의 기반을 마련한 것처럼, 보람일터에서 일하는 분들이 매일 꾸준히 자활의 길을 닦은 것처럼, 스스로 동기를 부여하며 자기 삶과 일에 최선을 다해야 한다. 그러다 보면 어느새 파랑새가 곁에 찾아와 있을 것이다.

모두의 시작

원주천 쌍다리 아래에서 시작한 무료급식은 급식소를 조금씩 확장하고 점차 자원을 확보해 자리를 잡았다. 또 희망타운은 '다시 서는 집'으로, 보람일터는 고령의 영세 어르신을 위한 '노인일터센터'로 발전했다. 이름만 밥상공동체가 아니라 진짜 공동체로 자리를 잡아가고 있었다.

고백하건대 그 과정은 내가 그리던 이상과 다소 거리가 있었다. 현실 속 공동체는 항상 낭만적이거나 아름답지만은 않다. 어렵고 힘든 사람에게 따뜻한 밥과 편히 기거할 곳을 내어주고 일자리까지 주선해 준다는데 누가 마다하겠나 싶겠지만, 실상은 꼭 그렇지 않았다. '학습된 무기력'에 젖어 규칙과 규율이 있는 공동체 자체를 버거워하는 사람이 적지 않았다. 모두가 어려울 때, 서로 돕고 살자는데 괜한 어깃장을 놓을 사람은 없겠지 싶어도 역시 현실은 좀 달랐다. 다들 생각과 관점이 제각각이라 때로는 그 안에서 작은 갈등이나 미묘한 긴장감이 생겨났다. 내 딴에는 선의로 건넨 조언과 독려를 상대방은 아프고 불편하게 받아들이기도 했다.

공동체는 아무리 뜻이 좋아도 상대방이 이해하지 못하거나 따라 주지 않으면 절대 이룰 수 없는 것이었다. 우리가 당신을 위해 만들었으

밥과 연탄으로 만든 길

니 어서 들어오라는 식이 되면 안 되었다. 존중과 배려, 강한 신뢰를 바탕으로 우리가 그들을 향해 조금씩 다가가고, 그들도 우리를 향해 조금씩 다가와서 이루어야만 했다. 나는 가난한 청년 시절의 약속과 다짐을 지키고자 동분서주하면서 현실의 공동체를 경험으로 체득했다. 또 이용자들은 공동체 안에서 과거 경험의 트라우마를 극복하고 무너진 자존감을 회복해 힘을 얻었다. 모두가 공동체 안에서 새로운 시작을 배운 셈이다.

밥상공동체의 시작은 곧 나의 시작이자, 그들의 시작이었다.
우리 모두의 시작이었다.

작은 시작,
연탄을 지다

작은 일을 시작하다

"어려운 것을 하려면 쉬운 것에서 하고, 큰 것을 하려면
작은 것에서 하라."

노자(老子)의 『도덕경(道德經)』에 나오는 말이다. 어려운 일을 해결
할 때는 반드시 쉬운 일에서부터 시작해야 할 수 있고, 큰일을 할 때
는 반드시 작고 사소한 일부터 시작해야 한다는 의미다. 지금은 전국
방방곡곡으로, 그리고 국경을 넘어 해외로까지 진출한 연탄은행의 시
작이 그러했다.

2002년 12월, 후원자 한 분이 '연탄 무료 나눔'을 해보라고 권했다.
당시 연탄 한 장이 250~300원이었는데 이 돈이 없어서 냉골에서 지내

는 사람이 많다면서, 자신이 연탄 1,000장을 후원할 테니 얼른 하라고 채근했다. 눈이 번쩍 뜨였다. 설령 몸을 누일 집이 있어도 그 집이 바람을 막아 주고 비를 피하는 제 기능을 하지 못한다면 무슨 소용이겠는가. 주거 환경이 안 좋은 저소득층, 부양가족이 있어 수급자에서 제외된 영세 어르신, 단전·단수 대상 가구, 소년·소녀 가장들, 신도시 빈민층……, 이들은 집이 있어도 안락함을 느끼지 못한다. 특히 건강 상태가 좋지 않은 아동과 노인에게 추위는 어쩌면 배고픔보다 더 무섭고 위험한 것일지도 모른다.

마침 당장 연탄을 때야 하는 겨울 초입이라 마음이 급했다. 얼마 후, 원주에 최초의 연탄은행이 문을 열었다. 은행이라 봤자 사무실 바로 옆, 1평 남짓한 공간이었다. 기술이 좋은 봉사자 한 분이 합판으로 기둥을 세우고 슬레이트 지붕을 올려 연탄 창고를 만들어 주었다. 운영 방식은, 사실 무슨 방식이라고 할 것도 없이, 아주 단순했다. 우리가 창고에 연탄을 쌓아 놓으면 생활이 어려워 연탄 구입이 어려운 분들이 오셔서 하루에 3~5장씩 가져가도록 했다. 몸이 불편해서 직접 가져가기 어려운 가정에는 나와 봉사자들이 손수레로 한 달 동안 사용할 150장씩을 배달해 드렸다.

연탄 나눔은 급식이나 쉼터 운영에 비해 품이 훨씬 덜 드는 일이었다. 급식처럼 재료 손질부터 조리, 배식, 뒷정리 과정이 필요하지도 않고, 쉼터 운영처럼 큰 공간이나 관리가 필요하지도 않았다. 게다가 연탄은 구하기 까다롭거나 변질하는 물건도 아니었다. 우리에게 필요한 것은 충분한 연탄과 그 연탄을 쌓을 공간뿐이었다. 은행에 돈이 떨어지면 안 되듯, 연탄은행에 연탄이 떨어지는 일만 없도록 하면 되었다. 다행히 이 역시 일이 잘 풀려 어렵지 않았다. 연탄은행이라는 것이 있다는 이야기가 알려지자, 후원과 봉사 문의가 들어오는 등 반응이 뜨거웠다. 아마 그때가 겨울이라 다들 차가운 날씨를 체감하다 보니 더 그러지 않았나 싶다. 이런 추위에 겨우 연탄을 살 돈이 없어서 아이와 노인들이 오들오들 떠는 모습을 떠올리면 돕고자 하는 마음이 절로 났으리라. 아무튼 이 겨울이 완전히 끝나기 전에는 절대 연탄이 떨어지게 하지 않겠다고 비장하게 먹은 마음이 무색할 정도로 반응은 뜨거웠다.

큰일이 되다

매일 자판기 커피값을 아낀 돈을 보내온 직장인, 노사가 함께 연탄을 배달하러 온 기업, 용돈을 모아 가져온 청소년, 이메일 발송으로 적립금을 모아 준 네티즌들……, 이런 자발적인 움직임은 더 빠르고 널리 퍼져나갔다. 늘 후원과 협력을 부탁하고만 다녔던 나로서는 이런 반응이 참 놀랍고 감사했다. 이제 와 보니 시민들도 커피 한 잔, 메일 한 통이라는 작고 쉬운 시작들을 모으고 모아서 큰일을 이루고 싶

밥과 연탄으로 만든 길

었던 것 같다.

　처음 연탄은행을 열었던 때나 지금이나 크게 달라지지 않은 것이 하나 있다. 바로 연탄 이야기를 꺼내면 돌아오는 반응들이다. 대부분 아직도 연탄을 때는 집이 있으며 심지어 적지 않다는 사실에 먼저 놀라고, 그나마도 연탄 한 장을 살 돈이 없어서 냉골에서 지내는 사람이 많다는 사실에 또 한 번 놀란다. 보통 사람들에게 연탄이란 문득 떠오른 추억 속에나 등장하는 물건에 불과하다. 아마 젊은 사람이라면 연탄을 실물로는 보지 못한 이도 적지 않을 것이다. 반면에 어떤 이들에게 연탄은 여전히 현재 진행형이다. 겨울이 될 때마다 가난을 실감케 하니 넌더리가 날 정도로 싫지만, 그렇다고 없으면 불안하기 짝이 없다. 좋든 싫든 연탄만 있으면 방을 덥히고, 밥과 국을 만들고, 물을 데워 추운 겨울을 날 수 있다. 코로나 팬데믹 시기에도 어르신들은 감염병보다 추위를 더 두려워했다. 우리가 어떻게든 연탄을 꼭 가져다드린다고 말해도 불안하고 초조한 마음을 감추지 못했다. 당신들의 생존에 관한 문제이기 때문이다. 없이 사는 사람들에게 연탄은 밥과 다르지 않다. 밥과 연탄, 모두 생존을 위한 필수 조건이다.

　사무실 옆 1평 창고에 연탄 1,000장을 쌓아 두고 시작한 연탄은행, 이 작은 시작은 또 다른 시작들로 번져나갔다. 여러 기관과 단체에서 도움을 주었는데 그중에서도 KBS와 함께한 공익 캠페인 '사랑의 연탄 나누기'는 연탄은행이 사회적 나눔과 봉사의 상징으로 자리매김하는 계기였다. 현재 국내 연탄은행은 전국 17개 시도, 31개 지역에 설립, 운영 중이다. 각 지역의 연탄은행들은 매년 지역민들의 따뜻한 겨울나기를 지원한다. 대표적인 사회공헌사업으로 빠르게 정착한 연탄은행은 전국 방방곡곡뿐 아니라 북한에도 갔다. 또 한반도를 넘어 중앙아시아 키르기스스탄과 카자흐스탄에 진출했고, 중국 동북아 연탄은행과 통일한국 153센터까지 설립했다.

한 후원자의 제안과 기부로 시작된 연탄 나눔이 이렇게까지 큰일이 되다니 나로서도 전혀 예상하지 못한 일이었다. 연탄은행이야말로 '작고 쉬운 시작이 하나하나 모여 이룬 크고 중요한 일'이다!

다시 새로운 시작으로

서울 노원구 중계본동 백사마을, '서울에서 연탄을 가장 많이 쓰는 동네'로 가 달라는 내 말에 택시 기사님이 내려 준 곳이다. 기사님은 "여기가 산동네라 연탄재가 많이 나온다."라고 했다. 그때가 벌써 20년 전이다.

연탄은행이 알려지면서 서울에도 열어 달라는 요청이 있어 혼자 일종의 '답사'를 나온 차였다. 택시에서 내려 동네를 둘러보니 서울이 아

밥과 연탄으로 만든 길

닌 완전히 다른 세상에 들어선 듯했다. 영화 속으로 들어온 것도 같고, 타임머신을 타고 30년 전으로 돌아간 것 같기도 했다. 좀 알아보니 백사마을은 1960년대 후반에 남대문, 청계천, 영등포, 용산 등에서 강제 철거당한 주민들이 모여 형성된 주거지로 서울의 마지막 달동네라고 했다. 연탄은행은 어느 지역에서든 연탄 사용 가구가 밀집된 곳, 고지대 달동네 같은 낙후한 곳에 세우는 것을 나름의 설립 원칙으로 삼고 있다. 그렇다면 백사마을보다 더 적합한 곳은 없었다.

연탄은행은 밥상공동체가 설립, 지원만 하고, 실질적인 운영은 지역 내 교회나 단체가 전권을 가지고 한다. 서울도 운영을 맡아 줄 단체나 교회를 찾아야 했는데 반응이 영 시원치 않았다. 간신히 교회 한 곳을 찾았지만, 그마저도 갑자기 못 하겠다고 하니 난감했다. 그때가 벌써 11월로 곧 겨울이 시작될 때라 다른 기관을 찾을 시간적 여유가 없었다. 하는 수 없이 우선 밥상공동체가 원주와 서울의 연탄은행을 모두 운영하기로 했다.

마을 세탁소 내외분이 흔쾌히 내어준 10평 남짓한 공간이 연탄은행 자리가 되었다. 지금 생각해 보면 이 역시 다 계획된 우연이었다. 공간을 내어준다는 사람이 없어서 난감한데 세탁소 사모님이 길에서 먼저 나를 알아보고 말을 걸어온 것이다. 사정 이야기를 했더니 마침 세탁소 옆에 공터가 있으니 사장님과 상의해 보겠다고 했다. 다음 날 찾아뵈어 시원스레 허락을 받았다. 신세 진 김에 세탁소 사장님 내외를 자원활동가로 위촉하여 연탄 신청 접수와 나눔까지 부탁드렸다. 며칠 후, 원주에서 연탄은행 공간의 기둥과 지붕을 만들어 준 봉사자님이 합판을 가지고 올라와 한 번 더 수고해 주셨다. 이때부터 나는 원주와 서울을 오가면서 필요한 업무를 보았다.

첫 해만 직접 운영하고 맡아 줄 곳을 찾으려고 했는데 마땅한 기관이나 교회가 없어 지금까지 밥상공동체가 직접 서울연탄은행을 운영 중이다. 원주연탄은행도 전국적으로 꽤 많은 주목을 받았다고 생각했는데, 서울연탄은행을 운영해 보니 주목도와 화제성 면에서 차원이 완전히 달랐다. 설립할 때부터 방송 언론의 취재 열기가 뜨거워 깜짝 놀랄 정도였다. 각계각층 유명인들의 봉사 참여도 많았고, 언론에 소개되면서 후원과 기부, 자원봉사자도 많이 늘어났다. 자원 개발 및 활용, 홍보, 정책 제안과 참여, 교육, 행사 등 다양한 업무 분야에서 여러모로 효율적이고 효과적이었다. 맡아 준다는 기관이 없어서 서울연탄은행을 직접 운영하게 된 일은 밥상공동체 연탄은행이 더 새로운 시작으로 나아가는 계기가 되었다.

뜻밖의 시작이 뜻밖의 길을 만들어 준 셈이었다.

밥과 연탄으로 만든 길

꿈에서
현실로

가난에는 복리 이자가 붙는다

큰 인기를 끌었던 드라마 〈재벌집 막내아들〉에 인상 깊은 대사가 나온다. 가난을 뼛속까지 겪어 본 주인공이 대금을 못 받아서 시위하는 협력업체 직원들을 외면하는 백화점 사장에게 무겁게 던지는 말이다.

"가난한 사람들은 그 두 달 동안 매일, 매일 더 끔찍한 속도로 가난해질 겁니다. 가난에는 복리 이자가 붙으니까."

가난의 매정함이나 혹독함을 상징적으로 표현한 대사지만, 실제로도 별반 다르지 않다. 가난한 사람은 소득이 낮고 신용도도 좋지 않아 금융기관으로부터 돈을 빌리기가 거의 불가능하다. 간신히 돈을 빌린다고 해도 대출 금리가 일반 사람보다 훨씬 높고, 자칫 한두 번 연체라도 하면 이율이 확 뛰어오른다. 놀란 마음에 우선 급한 불부터 끄겠다고 다른 금융기관에서 돈을 빌려 갚았다가는 자칫 '빚 돌려막기'의 수렁에 빠질 수도 있다. 순식간에 신용 불량자로 전락해 가난이라는 늪에서 헤어 나오지 못하게 되는 일이 비일비재하다. 이 모든 과정이 생각보다 훨씬 빠르게 진행된다. 드라마 대사처럼 가난에는 정말 복리 이자가 붙는 것 같다.

참 아이러니한 일이다. 가난할수록 금융 서비스가 더 많이 필요한데 가난한 사람에게 기꺼이 문을 열어주는 은행은 별로 없으니 말이다. 특히 집과 일터를 마련해야 할 때는 금융 서비스가 절실하다. 허기와 추위가 생존에 관한 문제라면 불안정한 주거와 빈약한 생활 기반은 가난을 더 고통스럽게 만든다. 집이 있어야 안전할 수 있고, 일터가 있어야 먹고 살아갈 수 있는데 많은 돈은 고사하고 단돈 몇백 원, 몇천 원도 없을 때가 많다.

소득이 낮을수록 주거비 부담은 점점 더 커진다. 전셋집에 사는 사람은 재계약 날짜가 다가오면 걱정이 커진다. 이번에는 집주인이 보증금을 얼마나 올려 달라고 할지 몰라 두려워 전화벨이 울리기만 해도 깜짝 놀란다고 한다. 그래도 전세는 좀 낫다. 진짜 어려운 사람은 월세로 살아야 하는데 보증금이 낮을수록 월세 이자율이 더 높아지

밥과 연탄으로 만든 길

기 때문에 감당하기가 힘들다. 결국 가진 돈에 맞춰 살 곳을 찾다 보니 도시가스조차 들어오지 않는 비닐하우스촌이나 고지대 달동네, 무허가 건물밖에 없다. 심지어 전기나 수도마저 들어오지 않는 다 쓰러져 가는 임시 거처로까지 내몰린다.

가끔 텔레비전을 보면 최근 집을 장만했거나 창업한 사람이 나와서 이게 전부 갚아야 할 은행 빚이라며 겸연쩍게 웃는 장면이 나온다. 하지만 그런 은행 빚도 질 수 있는 사람이나 지는 것이다. 그것마저 절대 불가능한 사람이 있다. 다른 방법이 없다? 그러니 어쩌겠는가, 어렵고 힘든 분들을 위한 은행을 직접 설립할 수밖에!

두 번째 나비 효과

'신나는 빈민은행'은 연탄은행에 이은 밥상공동체의 두 번째 은행이다. 연탄은행이 가난의 원초적 모습인 추위를 달래는 온기를 지원했다면, 신나는 빈민은행은 가난이라는 그림자에서 벗어나는 빛을 찾아주는 은행이다. 고착화한 가난, 고령화와 저소득의 굴레에 갇혀 가난한 삶을 강제 받아온 이들이 최소한의 생활이라도 영위할 수 있도록 돕는 출발선이 되고자 했다.

신나는 빈민은행의 고객은 자활 의지가 있지만 까다로운 대출 조건과 자격 심사 등 시중 은행의 높은 문턱을 넘지 못한 사람들이다. 주로 영세 어르신, 실직자, 여성 가장, 쪽방 생활자 등으로 이런 분들에게 주택 보증금이나 소규모 창업 자금을 지원한다. 1억 원을 초기 목표로 후원자를 개발하여 먼저 3,000만 원을 조성했다. 기금은 전부 모금을 통해 충당하며 훗날 그 기금이 잘 쓰여 0원이 되는 날, 장엄하게 문을 닫는 것으로 했다.

신나는 빈민은행은 저소득층을 대상으로 하는 무담보 소액대출 제도인 '마이크로 크레딧'보다 더 문턱이 낮고 대출이 용이한 은행이다. 처음에는 한 사람당 100만 원씩 지원했고, 다소 부족하다고 판단해 나중에는 인당 최고 300만 원까지 확대되었다. 자립 상환 기한은 2년이었다. 이렇게 나간 생계 지원금은 돈이 없어서 진학을 포기하려던 학생의 학비가 되었고, 차디찬 냉방에서 지내는 홀몸 어르신의 낡은 보일러를 교체하는 비용이 되었다. 공공근로를 다니며 홀로 아이들을 키우는 아주머니가 작은 옷 가게를 여는 초기 자본이 되었고, 평생 남의 집에서 더부살이하며 살아온 할머니가 편안하게 지낼 수 있는 당신만의 작은 방을 얻는 보증금이 되었다.

4~5개월 만에 기금이 거의 동이 날 무렵, 이제 은행 문을 닫아야 하나 싶을 때 낭보가 전해졌다. 당시 SBS TV 〈김미화의 U〉라는 프로그램에 출연해 '신나는 빈민은행'에 관한 이야기를 나눌 기회가 있었다. 이

밥과 연탄으로 만든 길

때 진행자인 김미화 씨가 '신나는 빈민은행'을 통해 창업한 사례를 듣더니 취지에 크게 공감했다. 그는 방송 중에 내게 걱정하지 말고 힘내라며 본인이 3,000만 원을 후원하겠다고 했다. 덕분에 신나는 빈민은행은 문을 닫지 않고 더 많은 사람에게 지원금을 대출할 수 있게 되었다.

신나는 빈민은행의 대출자들은 주거 마련은 물론, 창업에 성공해 지금까지 성실히 살아가고 있다. 특히 오리점(오리 토종닭 도소매), 신고 뛰는 가게 신나라(신발), 뜨네좋은가게(중고의류), 로드마켓(생활용품), 팥콘 빙수(식음료) 등 창업 자활 분야에서 좋은 열매를 맺었다. 우리의 운영 방식과 성공 사례 등이 알려지면서 다른 기관과 교회 등이 유사한 자활 지원 빈민은행 등을 열기도 했다. 연탄은행에 이은 두 번째 나비 효과였다.

이상한 은행, 자립이 곧 상환이다

신나는 빈민은행의 고객은 특별한 서류를 가져오거나 담보를 제시할 필요가 없다. '무담보, 무이자, 무상환', 바로 '3무(3無) 제도'로 운영되는 은행이기 때문이다.

대부분 사람이 무담보, 무이자는 그럭저럭 이해하면서도 '무상환'이라는 대목에서 깜짝 놀란다. 담보와 이자야 시중 은행에서 대출받을 때 가장 큰 걸림돌이므로 신나는 빈민은행에서는 없는 것이 크게 이상하지 않다. 그런데 무상환이라고? 그렇다면 돈을 거저 주는 것과 뭐가 다르냐는 거다. 혹여 돈을 받아 가서 어디 엉뚱한 데 전부 탕진이라도 해 버리면 어쩌려고 그러냐는 걱정도 들었다. 물론 우리도 그런 걱정을 아예 하지 않은 것은 아니다. 순간의 의욕과 기분에 휩쓸려 무상환을 결정하지는 않았다. 많은 연구와 논의 끝에 내린 결과가 바로 '무담보, 무이자, 무상환'이다.

신나는 빈민은행의 고객들은 창업해서 매일 열심히 일해도 큰돈을 벌기는 어렵다. 정부 지원금으로 살아가는 사람들은 대출금의 아주 작은 일부라도 상환하는 일이 쉽지 않다. "담보와 이자는 없어도 되니 원금만 꼭 갚으세요."라는 말이 엄청난 혜택으로 다가오는 사람도 있겠지만, 우리 고객들에게는 그조차도 커다란 부담이다. 어려운 분들을 돕고자 시작한 일인데 거꾸로 이분들을 신용불량자로 만들 수는 없었다.

그래서 나는 '자립이 곧 상환'이라는 말을 했다. 신나는 빈민은행의 기조와 원칙은 '자립'이다. 어렵고 힘들게 사는 이웃에게 돈을 그냥 쥐여 주는 것이 아니라, 이들이 의타심을 버리고 자립정신을 키울 수 있도록 함께 길을 모색하고 안내한다. 창업 컨설팅부터 사후 관리까지 함께하면서 하루하루 출석 체크하듯이 찾아가 의견과 고충을 들으

밥과 연탄으로 만든 길

며 관계를 형성했다. 오늘도 열심히 일하시라고 힘을 북돋웠다. 지원금은 상환하지 않아도 되니, 이제는 가난으로 말미암은 무력감과 수치심을 버리고 자신의 힘으로 먹고살아야 한다는 메시지를 끊임없이 전했다.

이후에 신나는 빈민은행은 지원금의 20%만 월 5만 원씩 상환하는 것으로 운영 방식을 변경했다. 여러 의견을 반영해서 내린 결정이었으나 솔직히 나는 다시 무상환으로 되돌리고 싶은 마음이다. 내게는 상환보다 그들의 자립, 당당하고 진취적인 삶의 태도가 더 중요하기 때문이다. 물론 무언가를 시작하기에는 지원금 100~300만 원이 부족한 돈일 수 있다. 그러나 우리가 지원한 것은 단순히 돈이 아니라, 도약을 위한 시작이었다. 이를 발판 삼아 더 높이, 더 멀리 뛰고자 하는 사람을 위한 시작이 되고자 했다.

세상에 가난으로 운명 지어진 사람은 없다. 지금 이 세상에 존재하는 가난은 여러 이유와 방식으로 한 개인에게 지워진 것에 불과하다. 모두 인위적이며 외부적인 것이므로 다 같이 힘을 합친다면 가난을 벗겨 내고 지워서 제거할 수 있다. 만약 누군가 너무 무거운 짐을 지고 있다면 조금만 나눠 들어 주고, 사방이 가로막혀 좌절하고 있다면 조금만 길을 터 주면 된다. 그러면 그도 조금씩 허리를 펴 짐을 하나씩 정리하고, 터 준 길을 따라 걸어 나갈 것이다.

꿈꾸는 자는
길을 간다

하고 싶은 일, 해야 하는 일

　모든 사람에게는 '하고 싶은 일'과 '해야 하는 일'이 있다. 이 두 가지가 같은 사람도 있고, 서로 다른 사람도 있다. 전자라면 더할 나위 없이 좋지만, 후자라면 상황이 좀 복잡해질 수 있다. 어느 TV 프로그램에서 강연자는 지금 해야 하는 일에 충실하면서 기회를 모색하기를 조언했다. 해야 하는 일을 묵묵히 잘해 내다 보면, 어느 순간에 하고 싶은 일을 할 기회가 분명히 온다는 것이다. 하지만 나는 정확히 그 반대로 했다.

　나는 원래 담임목사이자 가장이었으니 교회 일과 목회 활동에 최선을 다하고, 남편이자 아버지로서 가족들의 든든한 기둥이 되어야 했다. 이것이 내가 해야 하는 일이었지만, 나는 하고 싶은 일에 더 몰

두했다. 그나마 담임목사로서는 어려운 이웃을 돕는 일에 전념하고
자 과감하게 사임했지만, 문제는 가정이었다. 그때나 지금이나 여전
히 경제력은 부족하고, 이른 아침부터 늦은 밤까지 늘 바쁘다. 아내가
병원 간호사, 놀이방 교사로 일하며 나 대신 가계를 책임졌지만, 한쪽
은 벌고 한쪽은 남에게 나누어 주는 구조니 살림이 나아질 리 없었다.
보다 못한 누님이 생활비를 보태 주곤 했으나 나는 그 돈을 받아 다시
나누는 일에 썼다.

아이들이 어릴 때도 학원은 고사하고, 책도 제때 사주기 어려웠다.
하루는 집에 들어갔더니 둘째 아이가 눈이 새파랗게 되어 퉁퉁 부은
채 누워 있었다. 학교에서 놀다가 쇠기둥에 부딪혀 순간적으로 기절
했는데 정신을 차리자 선생님이 병원에 가라고 보냈다고 했다. 당장
아이를 데리고 병원에 가야 했지만, 나는 돈이 없었다. 아니, 아예 없
지는 않았고 후원통장에 약간의 기금은 있었다. 솔직히 조금 흔들렸
다. 우선 급한 대로 후원금을 잠시 융통해서 병원비로 쓰고 누님에게
부탁해 나중에 채워 넣으면 되지 않을까 싶었다. 이 문제로 밤새 고민
하고 또 고민했지만, 나는 끝내 아이를 병원에 데려가지 못했다. 그날
내가 할 수 있는 일이라고는 오직 기도뿐이었다. 나중에 아이는 너무
아파서 죽는 줄 알았는데, 이렇게 죽지 않고 살아났으니까 자기는 복
을 받았다고 했다. 이런 말을 덤덤히 하는 아이를 보니 미안함과 대견
함이 뒤섞인 감정이 울컥 올라왔다.

내가 하고 싶은 일은 언제나 어렵고 힘든 이웃을 돕는 일이었다. 정확하게는 '가장 기쁘고 즐거운 일'이라고 하는 편이 더 적합하다. 평생의 꿈을 실천하며 사는데 기쁘고 즐겁지 않을 사람이 있겠는가! 가난한 청년 시절, 나는 왜 돈이 없으면 저절로 움츠러들고 고개를 숙이게 되는지, 대체 가난은 왜 그렇게 사람을 약하게 만드는지를 생각했다. 내 머릿속을 떠나지 않는 가난이라는 화두는 반드시 풀어내야 하는 어려운 문제였다. 돈이 없어도 행복하고 즐거울 수 있는 세상을 꿈꿨다. 그런 세상을 만드는 데 내가 작은 도움이라도 되기를 바랐다. 꿈꾸기를 멈추지 않았더니 어느새 여기까지 왔다. 원주천 쌍다리 아래에서 밥상을 차리며 시작했던 밥상공동체는 이후로도 계속 시작을 멈추지 않았고, 그 모든 시작을 발판으로 끊임없이 도전할 수 있었다.

시작의 힘

간절히 꿈꿔 온 것을 일단 시작하여 최선을 다한다면 언젠가는 완성된다고 한다. 실제로 내가 해 온 일들이 이 말과 같았다. 단 한 번도 어떤 틀이나 체계를 잘 갖춰놓고 시작한 적 없고, 명확한 계획이나 가능성, 거창한 비전은커녕 믿을 만한 구석 하나 없이 시작한 일이 대부분이었다. 내가 뭘 해 보겠다고 하면 대부분 난처한 표정과 함께 어렵지 않겠냐는 반응이 돌아왔다. 객관적으로 보면 정상적인 반응이라 서운해하고 말 것도 없었다. 그저 '나라도 해야 한다는' 생각으로 시작했다.

밥과 연탄으로 만든 길

"길이 없으면 찾고, 찾아도 없으면 만들며 간다."라는 말을 좋아한다. 내가 가진 것은 가능성이나 현실성이 아니었다. 우선 나로부터 시작해서 느리더라도 사회 전체의 시민운동이 되어 가기를 바라는 소망뿐이었다. 그래서 일단 시작부터 했다. 가치 있는 일을 해내려면 두려움과 위험에 떨지 말고, 그것을 극복할 길을 찾고 만들면 된다고 생각했다. 이 세상에서 유일한 기쁨은 무언가를 시작하는 것이라는 어느 시인의 말을 믿었다.

나는 애초에 가진 것이 별로 없는 사람이라 잃을 것도 없었다. 머릿속으로 떠올렸던 그림과 조금 달라도 다시 또 시작하면 되니까 대단히 낙심하지도 않았다. 신기하게도 길이 사방으로 막힌 것 같을 때마다 언제나 그 해법을 들고 있는 누군가가 나타났다. 그들은 대부분 아주 평범한 이웃들이었다. 밥상공동체의 자립을 위해 쌀 한 되씩을 가져와 30가마를 만들어 준 사람들(쌀 한 되 모으기), 급식소 마련에 힘을 보태 준 사람들(천사운동), 급식소 화재 복구를 위해 전국에서 도움을 보내 준 사람들(사랑의 개미군단, 1만 원, 1만 명 운동)……, 기부, 후원, 봉사 등으로 물심양면 지원을 아끼지 않은 이웃들이 있었다. 내가 맨땅에 헤딩 하듯이 시작을 해 놓으면 이들이 어김없이 손을 뻗어 가능성과 현실성을 더해 주었다. 꿈이 꿈으로만 남지 않도록 응원하고 지지해 주었다. 감사하고 또 감사한 일이다.

"희망이란 마치 땅 위의 길과 같은 것이다.

원래 땅 위에는 길이 없었다.

걸어가는 사람이 많아지면, 곧 길이 되는 것이다."

중국 작가 루쉰(魯迅)의 말이다. 희망에 관한 이야기지만, 밥상공동체 연탄은행이 걸어온 길도 별반 다르지 않다. 사방을 둘러봐도 아무것도 없는 허허벌판 같은 땅이었는데, 내가 먼저 발을 옮겨 걷기 시작하니 많은 분이 함께 걸어 주어 길이 생겼다.

이것이 시삭의 힘이다.

밥과 연탄으로 만든 길

제2장

성장들:
신명 나는 복지가
계속된다

1998년 외환위기 시절에 무일푼으로 시작한 밥상공동체 연탄은행은 양적, 질적으로 성장을 도모하며 의미 있는 발전을 이뤄 갔다. 외양을 넓혀 가는 동시에 조직과 운영 프로세스 등을 더 효율적으로 개편하고 활동과 사업의 지평을 점차 더 크게 넓혔다. 그러면서도 가난하고 소외된 분들을 위하고 섬기는 토대와 원칙은 늘 한결같았다. 아동과 노인, 장애인 복지, 해외 지원사업, 그리고 스마트 복지까지, 세상 곳곳의 어렵고 소외된 분들을 만나고 다양한 측면에서 접근해 필요로 하는 도움과 지원을 아낌없이 제공했다.

성장을 위한
담금질

다시, 시작

벌써 20년이나 지난 일이지만, 그 전화를 받았을 때 느꼈던 서늘함이 잊히지 않는다. 2004년 밥상공동체 창립 6주년 행사를 잘 치르고 난 다음 날 새벽 4시경이었다. 전화를 걸어온 곳은 경찰서, 급식소에 불이 났으니 얼른 나오라고 했다. 놀라서 아내와 함께 허둥지둥 나오면서도 속으로는 침착하려고 애썼다. "누가 담배꽁초를 버려서 쓰레기에 불이 좀 붙었나 보다.", "그을음이 많이 생겼으려나.", "연기 냄새를 빼려면 시간이 좀 걸리겠다⋯⋯." 가는 차 안에서 아내와 서로 안심시키듯 중얼거렸다.

급식소는 이미 완전히 잿더미로 변해 있었다. 전기 누전이라고 했다. 어떻게 만들고 꾸려 온 공간인데 한순간에 사라지다니 기가 막혔

밥과 연탄으로 만든 길

다. 배고픈 분들이 뜨끈한 밥과 국을 드시며 잠시 한숨을 돌리던 자리가 온통 시커먼 재투성이로 변하고 말았다. 급식소 한쪽을 막아 만들었던 노인일터 공간도 마찬가지였다. 영세 어르신들이 둘러앉아 마늘 까기, 분무기 조립, 박스 포장 등의 일을 하던 곳이었다. 적게나마 당신 힘으로 생활비도 벌고 여가 활용도 하며 즐겁게 일하시던 공간이 흔적도 없이 사라졌다.

소식을 듣고 달려 나온 봉사자와 어르신들도 뼈대만 남은 건물을 보고는 망연자실하며 눈물을 흘렸다. 모두 같은 감정을 느끼며 위로를 주고받았다. 솔직히 자존심이 상했다. "목사가 하는 곳인데 기도가 부족했나.", "그 대단한 하나님이 왜 불이 나게 내버려 뒀을까……." 이런 비아냥이 들리는 것 같았다. 오기가 생겼을까? 나는 혼자서 타다 남은 쌀을 챙기기 시작했다. 다들 이 와중에 무슨 밥을 하냐고 말렸지만, 나는 그 타다 남은 쌀을 씻고 또 씻어 밥을 지었다. 공간이 사라졌을 뿐, 밥상공동체는 그대로이고 매일 이곳에서 허기를 달래야 하는 사람들이 있었기 때문이다. 밥을 나누는 일을 멈춘다면 그것은 더 이상 밥상공동체가 아니다. 화재 따위가 밥상공동체를 무너뜨릴 수는 없었다.

급식소와 노인일터센터 신축을 위한 '사랑의 개미군단 1만 원, 1만 명 운동'을 시작했다. 다행히 밥상공동체가 지역사회에서 자생한 무료급식을 대표하는 사례로 꽤 알려진 때여서 각계각층의 많은 분이 안타까워하며 동참해 주셨다. 정부 지원금을 아끼고 아껴 병원비로 모아 둔 돈을 가져온 할머니, 용돈을 모아서 들고 온 초등학생들도 있었다. 파지나 고물을 수거해서 모은 돈을 가져온 분, 끼니 거르지 말고 다니라면서 가래떡을 가져온 어르신도 있었다. 이런 분들의 마음과 바람이 모이고 쌓여서 우리는 다시, 시작했다.

　불은 화마(火魔)라고도 하지만, 한편으로는 열정, 새로운 변화나 발전의 시작이라는 의미도 있다. 예기치 않은 화재는 분명히 시련이었으나, 이 시련을 극복하며 우리는 더 단단해졌다. 화재 5개월 후, 밥상공동체 급식소와 노인일터센터가 2층 건물로 다시 섰다. 눈에 보이는 건물만 새로이 지어 낸 것이 아니라, '보이지 않는 공동체'를 다시 굳건히 세웠다. 그러면서 우리 밥상공동체는 보다 성숙하고 건강한 공동체 정신으로 거듭날 수 있었다. "불난 가게가 더 장사가 잘된다."라는 속설처럼 이후 우리는 꾸준히 성장을 거듭했다.

8년을 돌고 돌아 안 되는 일 없다

　밥상공동체는 점점 더 살이 붙었다. 식사하러 오시는 어르신들, 활동가와 직원도 훨씬 늘어났고 연탄은행도 규모가 커졌다. 2012년에 이미 하루 이용자가 300명이 넘었다. 창립행사 같은 큰 행사라도 하면 1,200여 명이 모이곤 했다. 일과 사람은 점점 더 많아지고, 공간은 점점 더 작아졌다. 문제는 앞으로도 규모가 더 커지면 커졌지 줄어들지 않으리라는 전망이었다. 좀 더 번듯한 건물을 지어 급식부터 다양한 복지서비스를 제공할 공간이 꼭 필요했다. 나름대로 어느 정도 구상을 한 후에 직원들의 의견도 물었는데, 전부 반대 의견뿐이었다. 아직 무리라느니, 그만한 땅이 없지 않냐느니, 땅 구입과 건축에 들어가는 비용이 수십억일 텐데 그 돈을 어떻게 모으냐느니, 한바탕 갑론을박이 벌어졌다.

사실 부지는 진작부터 점찍어 둔 곳이 있었다. 오래전부터 늘 레이더를 세우고 다닌 덕에 찾아낸 땅이었다. 여러 조건이 아주 안성맞춤이어서 꼭 그곳으로 가고 싶었다. 그때는 돈도 없고 땅이 매물로 나온 것도 아니었지만, 반드시 그곳이기를 바라는 마음으로 새벽마다 나가서 나 혼자 그 땅을 돌곤 했었다. 깊은 침묵 속에서 난공불락의 요새인 여리고 성을 무너뜨리기 위해 도는 이스라엘 백성처럼 마음을 낮추고 기도드리며, 그렇게 8년을 돌고 돌았다.

모아 둔 기금으로 마침내 원하던 부지를 샀지만 건물을 지으려면 돈이 한참 부족했다. 하려고만 했다면 정부나 지자체로부터 어느 정도는 지원받을 수 있었다. 공적 지원금은 양날의 검이다. 받은 만큼 일이 수월해지겠지만, 순수 민간운동으로서의 의미가 반감될 우려도 있었다. 그보다는 지금까지 해 온 대로 밥상공동체 안에서 작은 손길을 모아 이루고 싶은 마음이 컸다. 모두가 새로 지어지는 공간을 스스로 자신에게 전하는 선물로 여기기를 바랐다.

새로운 공간인 행복센터 신축을 위한 '만원감동 행복공간 운동'은 1인당 1만 원을 기부하는 방식이었다. 한참 진행 중에 어르신들의 불만 사항이 접수되었다. 무슨 일이신가 했더니, 대체 왜 1만 원만 받느냐고 성화였다. 동참에 더 큰 의미가 있다고 말씀드렸지만, 한 어르신은 아무래도 성에 차지 않는지 당신만의 '노하우'를 개발했다. 먼저 본명인 김용귀로, 다음부터는 김이귀, 김삼귀, 김시귀……, 이렇게 성함을 서른 번이나 바꿔 기부하신 것이다. 이 기막힌 노하우가 어르신들 사이에 퍼져 나가더니 너도나도 따라서 하셨다. 이럴 때 보면 힘없고 약한 분들 같아도 어찌나 머리가 비상하고 행동력까지 좋은지 깜짝 놀라곤 한다.

만원감동 행복공간 운동은 1년간 5만여 명이 참여하며 성공리에 끝났다. 2013년 7월, '밥상공동체종합사회복지관'이 탄생했다. 다들 어렵다고 했지만, 어떠한 공적 지원도 없이 오로지 기부와 후원으로만 이뤄 낸 기적이었다. 밥상공동체종합사회복지관의 2층 로비에는 후원자 5만여 명의 성함이 빼곡하게 새겨져 있다.

생각해 보니 그 땅으로 가고 싶어 나 혼자 돌고 돈 지 8년 만의 일이었다. 사실 나는 혼자가 아니었다. 5만여 명의 위대하고 따뜻한 가슴을 지닌 분들이 함께해 주었다. 늘 그랬듯이 나는 조연일 뿐이며, 주연은 그들이었다.

어르신 복지

홀몸 어르신, 노숙인, 쪽방 생활자……, 우리가 주로 도움을 드리는 분들은 대체로 고령이지 젊은 사람은 많지 않다. 백사마을도 거의 어르신만 남았다. 대부분 영세 어르신은 평생 일하며 어렵게 살았다. 하지만 일용직마저 구하기 어려운 나이가 되면 적은 소득이나마 뚝 끊긴다. 몇 년째 연락하지 않는 자식이라도 있으면 정부 지원금조차 받기가 어렵다. 물질적 빈곤에서 비롯한 정신적 빈곤은 어르신들을 더욱 힘들게 한다. 오랫동안 가난한 상태로 의지할 가족 없이 홀로 고된 삶을 살아온 탓에 대부분 심리적으로 위축되었으며 우울감을 느낀다.

어르신 복지는 밥상공동체에 있어 가장 중추적인 분야다. 첫걸음은 급식소 한쪽을 막아 시작한 노인일터센터다. 이후 '잼있는 일터'로 이름을 바꾸어 운영하다가, 몇 년 전부터는 노인일자리사업으로 연계되었다. 지금도 어르신들은 잼있는 일터 시절이 참 재미있었다면서 옛날 이야기하듯이 그때 이야기를 자주 하신다. 적은 급여지만 매일 나와서 당신 손으로 일해 돈을 버는 즐거움을 느끼셨기 때문이리라. 우리의 어르신 복지는 '북원노인종합복지관'이 문을 열면서 한 단계 더 성장했다. 순수 민간운동으로 탄생한 이곳은 문을 열기 직전까지도 내 속을 몇 번씩이나 뒤집어 놓은 곳이지만, 지금은 언제 그랬냐는 듯이 지역 어르신들의 큰 호응을 얻으며 운영되고 있다. 최첨단 시설을 갖춘 하이브리드 복지관으로 큰 주목을 받으며 지역 노인복지의 중심축을 담당하고 있다.

우리나라의 고령화는 앞으로 더 심각해질 테고 밥상공동체 연탄은행을 찾는 분들도 연령대가 더 올라갈 것으로 보인다. 늙어 감을 피할 수 없듯, 노인 문제는 절대 외면할 수 없는 국가 과제다. 더군다나 우리나라의 노인 빈곤율은 OECD 회원국 평균보다 3배 가까이 높다. 노인과 빈곤이라는 이중고를 겪고 있는 영세 어르신들을 위한 지원과 돌봄은 꼭 필요하다. 오늘날 우리가 누리는 사회적 자산과 각종 인프라, 생활 기반 등은 지금의 어르신들이 희생과 헌신을 다해 이룬 것임을 잊어서는 안 된다.

그래도 해낸다

I have a Babsang
밥상공동체복지재단(대표 허기복) 북원노인종합복지관

은 '행복한 노년을 위한 동행이란 미션'으로 '20만 명이 즐기는 하이브리드 복지관'입니다.

그동안 밥상공동체복지재단은 본 복지관 건립과 건축 등을 위하여 3,862일 준비와 3년여의 모금 그리고 원주시의 협력과 지원 등으로 2023년 5월 16일 준공하게 되었습니다.

3,484명의 후원자, 원주시, 원주시의회에 감사드리며 1080 전 세대가 즐기는 명품 복지관이 되겠습니다.

2023년 5월 16일

사회복지법인 밥상공동체복지재단

북원노인종합복지관의 1층 현관 벽에 쓰인 글이다. 이 중 일부 문구가 좌우 반전하여 '거꾸로' 쓰였다. 여기에는 참 어처구니없는 사연이 있다.

북원노인종합복지관은 필요성을 느끼고 설립을 확정하기까지는 비교적 순조로웠는데 과정이 영 순탄치 않았다. 뭐 하나 쉽게 넘어가질 않으니, 나도 사람인지라 골치가 아파서 포기하고 싶은 생각마저 들었다. 부지 매입부터 난관이었다. 땅 주인들을 만나 일일이 설득하고, 부지를 지나는 군 통신선 문제를 해결하느라 너무 많은 시간을 허비했다. 게다가 공개입찰로 선정된 시공사가 역량이 부족한 탓에 현장 소장이 열세 번이나 바뀌는 등 뭐 하나 제대로 돌아가는 일이 없었다. 그 와중에 철근 파동, 시멘트 파동에 화물연대 파업까지, 도무지 바람 잘 날이 없었다. 공사 기간 내내, 화도 내고 사정도 해 보고 어르고 달래면서 노심초사했다.

예정했던 날짜를 훌쩍 넘겨 마침내 건물이 완공되었다. 하지만 아직 끝이 아니었다. 시공사와 감리업체 문제로 준공 허가가 차일피일 미뤄지더니 준공식 전날 저녁까지도 서류 접수조차 안 되었다는 것이다. 기가 막혔다. 종일 전화기를 붙잡고 씨름하다가 녹초가 된 몸으로 국숫집에서 혼자 늦은 서녁 식사를 했다. 남들은 이럴 때 술 한 잔으로 마음을 달랜다는데 나는 목사라 술을 마실 수는 없어서 빈 소주병을 하나 달라고 해서 멍하니 바라만 보았다. 식당 사장님이 이상하게 여겼을 테지만 그런 시선을 신경 쓸 여력이 없었다. 밤 10시가 넘어서야 온라인으로 관련 서류를 넣었다는 연락을 받았다. 시계를 보며 생각했다. 준공식이 다음 날 오후 3시니까 오전 중에만 처리된다면 아슬아슬하게 가능할 것도 같았다.

준공식 당일, 직원들은 행사 준비로 분주한데 내 머릿속은 온통 '준공 허가'로 가득 차서 터질 지경이었다. 궁금한 직원이 사무실로 들어왔다가는 내 표정만 보고 '아직이구나…….' 하는 얼굴로 나가는 일이 몇 번이나 반복되었다. 아무 연락도 없이 점심시간까지 지났다. 설마 설마했는데 준공 허가도 못 받고 준공식부터 치르는 꼴이 되기 일보 직전이었다. 가능성이 희박해지자 살면서 처음인 민망함까지 느껴졌다. 진짜 그렇게 되는 건가 싶어서 속이 타던 때, 준공 허가가 떨어졌다는 연락을 받았다. 정확히 준공식 90분 전이었다.

긴장이 풀리니 맥이 쭉 빠졌다. 지금도 내가 그날 무슨 정신으로 준공식을 치렀는지 모르겠다. 행사 마지막에 기념 문구를 직접 써야 했는데 어찌나 정신이 없었는지 그 중요한 걸 거꾸로 쓰고 말았다. 그동안 의아하게 생각했던 분들에게 사실은 내리 며칠을 동동거리느라 진이 다 빠져 생긴 촌극이었음을 털어놓는다.

더 크게,
더 널리

사랑의 크기를 더 크게

2000년대에 들어 밥상공동체 연탄은행은 점차 많은 관심과 호응을 받으며 사랑의 크기를 더해 갔다. 각계각층이 우리를 주목하면서 소액 기부와 봉사, 어려운 이웃과 에너지 빈곤층, 나아가 지역복지와 공동체 운동에 관심을 가지는 사람이 많아졌다. 특히 사랑의 연탄에 담긴 상징성이 큰 편이라 공감하는 분들이 많았다. 마침 우리나라가 점차 IMF 사태의 여파를 벗어나면서 사회 전체에 '봉사와 나눔'이 중요한 화두로 떠오른 분위기 덕도 있었다. 많은 관심과 호응에 힘입어 에너지 취약계층과 영세 어르신 등 정부나 지자체 손길이 미치지 못하는 다양한 곳에까지 많은 도움을 드릴 수 있게 되었다.

나눔의 양이나 규모도 몇 년 전과는 차원이 달라졌다. 가끔 연혁이

밥과 연탄으로 만든 길

정리된 자료를 보면 격세지감이 느껴질 정도다. 한때는 당장 다음 주 밥상에 올릴 밥과 반찬이 없을까 봐 걱정했는데, 2000년대 초부터는 사랑의 쌀 나눔 행사를 하면 500포, 1,000포씩 후원되기도 했다. 무료 급식으로 시작했지만, 쌀이나 김치는 물론이고 각종 생활용품이나 장학금을 나누는 일로까지 확대되었다. 전국 방방곡곡에 연이어 설립된 연탄은행은 하나같이 좋은 반응을 얻으며 잘 운영되었다. 처음에 1,000장으로 시작했던 사랑의 연탄 나눔이 금세 100만 장으로 늘어났고, 한 해에 최고 520만 장까지 나눴다.

양적인 성장뿐 아니라, 질적으로도 향상해서 더 구체적이고 효과적으로 도움을 전하고자 했다. 제도권이 닿지 않는 문제와 대상으로까지 시야를 확장해 꼼꼼히 살폈다. 일자리 창출, 취업 연계, 주거 개선 및 무료 집수리, 무적자 호적 창설, 연탄 자살 근절, 어르신 건강 개선, 에너지 취약계층 지원……, 모두 나의 주된 관심사인 어렵고 힘든 이웃과 따로 떼어 놓고 생각할 수 없는 문제들이었다.

그때를 생각하니 지금 이렇게 글을 쓰면서도 마음이 벅차오른다. 많은 분이 돕고 사랑해 주신 덕에 어떤 목표를 세우면 거의 매년 목표에 도달했다. 무엇보다 인간성 회복과 변화의 가능성을 찾고 발견한 시기여서 더 의미가 있다. 그래서인지 수많은 일을 동시다발로, 반복적으로 진행하면서도 힘들거나 지치기는커녕 늘 신이 났다. 그야말로 '신나는 ~ing 현재 진행형 나눔'을 하던 때였다.

4부의 힘으로 더 널리

그즈음에는 방송 언론에도 정말 많이 소개되었다. 입법, 행정, 사법의 3개 권력 외에 언론을 '제4부'라고 한다더니 그 힘이 정말 대단했다. 언론에 많이 노출될수록 더 많은 사람에게 사업과 기관을 알리고 도움을 요청하는 홍보가 되었다. 덕분에 밥상공동체 연탄은행은 큰 주목을 받으며 성장했고, 나아가 겨울철이면 떠오르는 대국민 봉사기관으로 자리매김했다.

개인 허기복에게도 '밥상 차리는 목사', '연탄 배달하는 목사'라는 닉네임이 붙었다. 처음에는 카메라 앞에서 이야기하기가 어색했지만, 방송 출연이나 인터뷰 요청은 가능한 한 거절하지 않았다. 신문이나 잡지에 실릴 글을 요청받으면 종일 뛰어다니느라 지친 몸으로 밤늦게까지 공들여 썼다. 불과 5, 6년 전만 해도 지역 생활정보지와 유선방송국을 무작정 찾아가 무료 광고를 부탁했어야 했던 일을 생각하면 나의 어색함과 힘듦은 아무것도 아니었다.

연탄 나눔 공익광고가 한 번 전파를 타면 사무실에 후원 문의 전화가 빗발쳤다. 하루는 어떤 분이 전화를 걸어 연탄 100만 장을 후원하려면 돈이 얼마냐고 물었다. 당시 가격으로 연탄 한 장이 300원이라고 안내했더니 다음 날에 바로 후원 계좌에 3억 원이 입금되었다. 그때 통장에 찍힌 금액을 잘못 봤나 싶어서 직원들과 몇 번이나 확인했던 기억이 난다. 이분이 바로 송부금 어르신이다. 댁으로 찾아뵈어 감사 인사를 드렸는데 그저 죽기 전에 좋은 일을 하고 싶었다고 대단치 않다는 듯이 말씀하셨다. 어르신은 언론을 통해 '연탄 천사'로 알려지면서 또 다른 기부와 후원을 이끌어냈다.

밥과 연탄에 담긴 이야기는 한국적 정서와 시대정신이기에 누구에게나 공감과 이해를 불러일으켰다. 연탄 나눔 캠페인이나 공익광고를 보면서 '나도 어려운 이웃을 돕고 싶다는 마음'이 절로 났다는 사람이 많았다. 연말 회식이나 신년 모임, 야유회 등을 가는 대신, 사회공헌 차원에서 다 같이 봉사하러 오는 기업과 단체들도 늘어났다. 당시 봉사와 나눔 문화가 사회 전반으로 확대되는 데 우리 밥상공동체 연탄은행이 큰 몫을 담당했다고 자부한다. 또 이 시기에는 우리가 지향하는 봉사와 나눔의 가치에 주목하는 기관이 많아졌다. 우리는 이들에게 좋은 본보기로서 영향을 미치며 도전의 모티프가 되었다.

기도하고, 기대하며, 기다리다

무료급식으로 시작한 밥상공동체는 시간이 흐르면서 자연스레 좀 더 확장된 개념으로 발전했다. 바로 '그들도 주인 되는 공동체'다. 이 공동체의 궁극적인 목표는 '자립과 자활'이다. 자립과 자활의 기본 전제는 자애(自愛), 즉 '스스로 자신을 사랑하는 마음'이다.

오랫동안 힘겹게 살아온 사람들은 대체로 자존감이 낮고 우울감에 짓눌려 있다. 이런 마음으로는 스스로 출구를 찾을 수 없다. 강한 신뢰를 바탕으로 응원과 지원을 아끼지 않고 끊임없이 용기를 북돋워야만 느리지만 유의미한 변화가 생겨난다. 그래서 언제나 먼저 다가갔다. 늘 수평적으로 소통하면서 그들의 상처를 보듬고 마음을 치료하고자 애썼다. 힘겹게 살아온 사람들이 공동체 안에서 지친 영혼을 쉬게 하고 새로운 삶을 만나게 하고 싶었다.

'무적자', 서류상으로 존재하지 않는 사람을 가리키는 말이다. 아주 옛날에나 있는 일인 줄로만 아는 사람이 많지만, 의외로 대한민국에는 아직도 무적자가 존재한다. 저마다의 이유로 주민등록이 말소되거나, 아예 이름도 성도 없이 신원 불상자로 사는 경우도 있다. 이런 분들은 분명히 존재하나 존재하지 않는 사람으로 살아야 한다. 대한민국에서 태어나 살고 있지만, 국민으로서 권리를 보장받지 못한다. 돈을 벌려고 해도 취직을 할 수 없고, 몸이 아파도 병원에 가서 치료받을 수 없다. 불법체류자나 간첩 등으로 오해받아 경찰서에 끌려갈 수도 있다. 어디서든 내가 나라고 증명할 수 없으니 늘 불안한 마음으로 산다.

밥과 연탄으로 만든 길

밥상공동체를 찾아온 노숙인이었던 그는 사연을 물어도 머뭇머뭇하며 시선을 돌렸다. 나중에야 자신은 어려서부터 고아로 자라 이름도 생년월일도 모른다고 했다. 우선 호적부터 만들어야겠다 싶어서 행정기관도 찾아가고 법무사에게도 문의했지만, 다들 대답은 같았다. 아이도 아니고, 성인은 절차도 복잡하거니와 잘되기가 어렵다는 것이다. 하는 수 없이 내가 직접 법원에 재판을 청구하고 '성과 본의 창설 허가 신청'을 했다. 그때부터 주민등록증을 받기까지, 꼬박 3년이 걸렸다. 이름은 아주 어렸을 때 불리곤 했다는 한청수, 생년월일은 1945년 8월 15일로 했다. 그를 만난 후, 나는 자기 삶을 부정하거나 회피하는 사람들에게 가진 것이 없고, 능력이 부족하고, 환경마저 열악해도 거기에 매몰되어 약해지지 말자고 한다. 이름 석 자가 있는 것만으로도 살아갈 가치가 있다고, 삶의 의미는 어디서 어떻게 찾느냐의 문제라고 강조한다.

가난하고 힘없는 사람들에게도 희망은 있다. 단순히 눈에 보이는 것으로만 판단하거나 비판해서는 안 된다. 내게는 믿음을 갖고 일을 하다 보면 반드시 그 뜻을 이룰 수 있다는 확신과 벅찬 희망이 있었다. '기도하고, 기대하며, 기다리는', 이 '세 개의 기'가 만드는 힘이지 않을까?

가난해도
살기 좋은 곳

선시행 후보완

　오가면서 보니 백사마을 아이들은 대부분 학교에서 돌아오면 아무도 없는 집에서 혼자 시간을 보내고 있었다. 그런 탓에 숙제 같은 기본적인 학습활동이 안 되는 것은 물론이고, 영양과 위생 상태도 양호한 편이 아니었다. 꼭 필요한 기본적인 생활 예절이나 학습활동, 가정교육 등도 다소 부족해 보였다. 생활이 어렵고 연탄을 때는 집의 아이들이라고 해서 학습과 교육의 기회조차 외면당해서는 안 된다. 적어도 아이들이 방치되는 일은 없어야 한다는 생각에 우리가 나서서 돌보기로 했다.

　'신나는 아동센터'는 초창기에 정부 보조금이 전혀 없어서 내부적으로 돈을 마련해 운영했다. 연탄은행을 후원하는 분들에게 상황을 설명해서 아이들이 볼 책을 사고 운영비로도 썼다. 그것도 부족하면 방송 출연료나 원고료 등을 모았다가 필요한 학용품을 사 주었다. 다행히 얼마 후, 당시 사회공헌 사업을 활발하게 하던 대우증권으로부터 2,000만 원을 후원받아 제대로 센터를 꾸릴 수 있게 되었다.

시작할 때는 아이들을 돌봐주게 되어 좋기만 했는데, 꾸준히 안정적으로 운영하려면 보조금이 꼭 필요하다는 생각에 이르렀다. 여기저기 문의했더니 뜻밖에도 관할 지역인 노원구에는 아동센터를 위한 조례가 없어서 주고 싶어도 못 준다는 이야기가 돌아왔다. 이는 보조금을 비롯한 각종 지원은 물론이고, 법적으로 보호받을 근거도 전혀 없다는 의미였다. 안 되겠다 싶어서 지역 정치인들을 만나 아동센터의 필요성을 알리고, 관련 포럼을 열어 다양한 의견을 청취했다. 그 결과, 법안 발의를 통해 '노원구 아동센터 조례'가 제정되는 역사가 일어났다. 지역 아동복지센터가 제대로 된 보호와 지원을 받을 수 있는 법적, 제도적 장치가 마련된 것이다. 덕분에 우리 신나는 아동센터는 물론이고, 노원구 관내에 있는 다른 아동센터들도 운영 보조금을 받을 수 있게 되었다.

현재 우리 백사마을 신나는 아동센터는 아주 활발하게 운영되고 있다. 학교를 마치면 아이들이 이곳에 와서 학습지도를 받고, 운동도 하고, 놀이도 한다. 집에는 아무도 없지만, 이곳에 오면 친구들과 함께 다양한 활동을 할 수 있다. 아동센터 선생님이 숙제까지 봐 주시니 학교생활도 이전보다 훨씬 즐겁고 자신감이 생겼다. 때맞춰 소풍도 떠나고 견학도 다닌다. 노원구 관내에 있는 아동센터 아이들이 모여서 독서 골든벨 대회를 하면 신통방통하게도 장원은 우리 아이들이 따놓은 당상이다. 기회만 있으면 꺼내 놓는 나의 소소한 자랑거리다.

종종 '선시행, 후보완'이 해법이 되곤 한다. 어렵고 힘든 사람은 당장 다음 달, 다음 계절, 다음 해에는 어떻게 될지 모르는 삶을 살기 때문이다. 아이들은 하루가 다르게 자라고, 어른들은 하루가 다르게 노쇠해지며, 편찮은 분은 하루가 다르게 병세가 악화한다. 모든 여건과 법적, 제도적 장치를 갖춘 후에 도와드리려면 이미 늦을 수 있다. 누군가는 그렇게 하면 절차와 제도가 무색해진다고 하겠으나 나는 언제나 먼저 찾아가고, 먼저 시행하고, 먼저 예방하는 차원으로 모든 일을 해 왔다.

사랑방 같은 교회, 교회 같은 사랑방

매주 수요일 오전 11시, 백사마을 어르신들이 연탄교회에 모인다. 연탄교회는 여타 교회와 다른 점이 많다. 예배실은 초등학교 교실처럼 두 명씩 앉을 수 있는 책상 12개가 나란히 놓였고, 안쪽으로 주방과 사랑방, 화장실이 있다. 헌금이 없고, 조직이 없고, 권사나 집사 같

밥과 연탄으로 만든 길

은 제직이 없다. 설교 강단과 마이크, 대형 스크린, 찬양대, 장의자 같은 것도 당연히 없다. 교회인데 사랑방이고, 사랑방인데 교회인 그런 곳이다.

나는 목사지만 밥이나 연탄을 나누면서는 성경 말씀이나 교회 이야기를 하지 않는다. 백사마을에서도 간혹 예배에 참석하기를 원하는 분이 계시면 주변의 가까운 교회를 안내하곤 했다. 그러고 나서 잘 다니는지 여쭤보면 대부분 몇 번 나가다 말았다고 하신다. 이유를 물어도 딱히 무엇 때문이라는 말씀이 없다. 뭔가가 불편했거나 생각과 달랐는데 꼭 집어서 말하기 어려운 눈치였다. 내가 보기에 어르신들은 믿음이나 신앙적인 갈증보다는 교인들과 교류하면서 얻는 사랑과 정을 더 원하는 것 같았다. 그러면서 차차 믿음이 생기기를 바라는데 기존의 교회에서는 이런 니즈를 충족하기 어려웠던가 보다. 그러고 보니 백사마을에는 어르신들이 모여서 서로 말동무가 되어 편히 이야기를 나눌 수 있는 장소나 공간이 마땅하지 않았다.

연탄은행 활동가들과 이야기를 나누고 이리저리 생각을 좀 해 본 끝에 어르신들의 사랑방 같은 공간을 만들어 보면 어떨까 싶었다. 때마침 기독교윤리실천운동에서 '좋은 교회'로 선정되어 받은 상금 300만 원이 있어서 이 돈으로 원래 전파사였던 곳을 임대, 개조해 연탄교회를 설립했다. 우리 연탄교회는 홀몸 어르신, 장애인, 쪽방 생활자 등

연탄 가족들로 구성된 교회다. 어르신들은 이제야 당신들이 진짜 원했던 것이 무엇인지 알아차렸다. 조직이나 위계가 아닌 서로를 향한 이해와 공감, 사랑과 은혜가 넘치는 공간과 사람이 필요했던 것이다.

어르신들은 자신도 몰랐던 그것을 사랑방이자 교회인 연탄교회에서 찾았다. 목사인 나는 헌금, 조직, 임원……, 이런 것들은 전부 하지 말고 그냥 일주일에 한 번씩 예배만 드리자고 했는데, 당신들끼리 당번을 정해서 예배, 기도, 청소, 식사, 주보, 봉사 등을 알아서 한다. 파지를 판 돈, 수급비 등을 아껴 1,000원, 2,000원씩 헌금을 드리고, 또 그것을 모아 이곳저곳 후원도 하신다. 받는 익숙함에서 낯선 나눔으로 변화해 가는 모습이다.

연탄교회에 나오는 어르신들은 처음 나오셨을 때와 지금 표정이 완전히 다르다. 예전에는 가난하고 형편이 어려운 사람, 힘들고 고된 삶을 살아온 사람의 그림자가 드리워져 있었다면 지금은 한없이 편안하고 밝으며 건강미까지 넘친다. 모두 이전보다 훨씬 당당하고 긍정적으로 변모해 자신감이 느껴진다. 신학자 위르겐 몰트만(Jurgen Moltmann)이 말한 '희망의 신학'이란 바로 이런 것이 아닐까.

연탄교회에는 늘 〈희망가〉가 울려 퍼진다.

밥과 연탄으로 만든 길

1절. 우리들의 인생은 예순 살부터 가난과 역경도 걱정 없어요. 예순에 우리들을 모시러 오면 할 일이 많다고 전해주세요.

2절. 우리들의 인생은 예순 살부터 마음도 몸도 왕성합니다. 칠십에 우리들을 모시러 오면 지금은 안 간다고 전해주세요.

3절. 우리들의 인생은 예순 살부터 언제나 생글생글 웃고 삽니다. 팔십에 우리들을 모시러 오면 아직은 빠르다고 전해주세요.

4절. 우리들의 인생은 예순 살부터 아무것도 불만은 없이 삽니다. 구십에 우리들을 모시러 오면 준비하고 간다고 전해주세요.

5절. 우리들의 인생은 예순 살부터 언제나 감사하며 살아갑니다. 백 세에 우리들을 모시러 오면 천국으로 간다고 전해주세요.

6절. 우리들의 인생은 200살부터 언제나 감사하며 살아갑니다. 200세에 우리들을 모시러 오면 영감이 생겨서 못 간답니다.

〈희망가〉를 노래하며 우리는 또 한바탕 웃는다.

살기 좋은 마을

가난한 사람들은 계절과 관계없이 씻기조차 편하지 않다. 오래된 낡은 집에 사는 어르신들은 씻는 일이 늘 골칫거리다. 연탄불에 물을 데워 씻어야 하니 따뜻한 물을 충분히 쓰는 일은 사치다. 연탄을 때는 낡고 허름한 집에 제대로 된 목욕 공간이 있을 리 만무하고, 단열 같은 건 생각도 할 수 없다. 연로한 분들이라 바람이 숭숭 들어오는 곳에서 씻다가 자칫 감기라도 걸리면 정말 큰일이 될 수도 있다. 모두가 불편하지만, 달리 방도가 없어서 하는 수 없이 그냥 그렇게 산다. 될 리가 없으니 바라기는커녕 아예 머릿속에 떠올려 보지도 않았던 것이 바로 목욕탕이다.

마을 입구에 생긴 비타민 목욕탕은 백사마을 어르신들의 전용 목욕탕이다. 도시가스조차 들어오지 않는 백사마을에서 목욕탕은 공사 시작부터 그야말로 핫이슈였다. 집에서 씻기가 불편하다고만 생각했지 무슨 해결책이 있으리라고 생각도 못 했는데 어떻게 이 마을에 목욕탕을 만들 생각을 했냐고 감탄이 이어졌다. 신기하다고도 했다. 목욕탕이 정식으로 문을 열자 모두 손뼉 치며 좋아했다. 어르신들은 저 멀리서 내가 보이기만 하면 행여 놓칠세라 느린 걸음으로 부지런히 다가와 목욕탕이 생겨 너무 좋다고, 정말 감사하다고 말씀해 주셨다.

밥과 연탄으로 만든 길

원주에는 '마을관리소'를 열었다. 알다시피 아파트는 단지 안에 관리사무소가 있어서 주민의 편의를 돌본다. 전기나 수도 시설이 고장 나면 와서 고쳐 주고, 오래된 시설은 때에 맞춰 교체한다. 주민들끼리의 소통과 교류도 원활하다. 반면에 구도심 마을에 사는 어르신 댁은 돌봐 줄 사람이 없다. 전등이 나가도 누구 하나 갈아 줄 사람이 없으니, 방도가 생길 때까지는 어두컴컴한 공간에서 그냥 생활해야 한다. 수도나 난방에 문제가 생겨도 어떻게 고쳐야 할지 막막하기만 하다. 나이 들어 넉넉지 않은 형편에 혼자 사는 신세가 괜히 서러워 울적해지기까지 한다. 특히 지방은 인구수가 적고 연령대도 높아서 건강과 안전 문제도 큰일이다. 이웃 간에 서로 안부를 묻고 안전을 확인해야 겠지만, 대부분 연로해서 내 한 몸 건사하기도 힘들다.

마을도 아파트 관리사무소 같은 곳이 있으면 좋겠다는 아이디어를 제안했다. 수요도 조사하고 주민들 의견도 청취했더니 역시 예상대로 반응이 좋았다. 얼마 후, 국민건강보험공단의 후원을 받아 원주에 마을관리소 4개소가 생겼다. 뒤이어 춘천과 동해 등에도 마을관리소가 문을 열었다. 현재 마을관리소는 주민 사랑방, 물품 공유, 공구대여, 소규모 집수리, 마을 환경미화, 지역주민 프로그램, 주민 건강과 안전 확인 등 작은 복지관으로서 역할을 톡톡히 해내고 있다. 민간과 공기업이 함께 만들어 낸 멋진 작품이다!

지역을 살리는 밥상공동체

한 어르신이 복지관에도 뜸하고 연락도 안 되었다. 홀몸 어르신이라 담당 사회복지사가 걱정되어 찾아갔는데 아무리 초인종을 누르고 불러 봐도 반응이 없었다. 어쩌나 하고 있는데 집 안에서 어렴풋이 인기척이 들렸다. 집에 계시는데 문을 못 여는 상황임을 직감한 사회복지사가 현관 비밀번호를 이것저것 눌렀다. 천만다행으로 몇 번의 실패 끝에 마침내 문이 열렸다.

어르신은 방에서 거실로 나가는 문지방 앞에 엎드린 상태로 발견되었다. 초인종이 울리자 사력을 다해 나오려고 했지만, 지쳐 쓰러진 모양이었다. 연락을 받고서 나도 직원들과 함께 달려갔다. 행정복지센터와 마을 의사에게도 연락했지만, 워낙 몸이 쇠약해진 탓에 약을 쓰기도 어려워 수액을 놔 드릴 수밖에 없었다. 며칠 후에야 죽을 조금씩 입에 넣어 드리고, 집도 깨끗하게 청소했다. 나중에는 아예 담당 복지사가 하루에 세 번 이상 방문해 함께 식사하고 살펴 드렸다. 요즘 같은 시대에 산골 오지에 사는 분도 아니고 마을에 사는 분이 아사 직전 상황까지 내몰리다니 생각할수록 암담한 일이다.

살기 좋은 마을은 그곳에 살고 있는 사람들이 만든다. 서로 더 관심을 두고 배려하는 곳, 구분과 구별이 없이 정을 나누는 곳이 살기 좋

밥과 연탄으로 만든 길

은 마을이다. 누군가가 나를 돌봐주고 있다는 든든함, 내가 보호받고 있다는 안도감이 드는 그런 곳이 살기 좋은 마을이다. 방치되거나 고립되는 사람이 없는 마을, 그런 공동체가 되어야 한다.

살기 좋은 마을 이야기가 나온 김에 꼭 언급하고 싶은 내용이 있어 덧붙이고자 한다. 모 아파트 단지에서 근처 임대 아파트 아이들이 단지를 가로질러 등교하지 못하도록 길을 막았다는 뉴스를 본 적 있다. 가슴이 철렁 내려앉을 정도로 기가 막히고 실망스럽다. 어제까지 학교를 오가던 길을 오늘부터는 갈 수 없는 이유를 아이들에게 어떻게 설명할 수 있을까? 그런 사람들이 사는 곳이 정말 살기 좋은 명품 아파트가 맞는가? 아무리 좋게 이해하려고 해도 이런 행위는 극단적 개인주의와 특권의식을 넘어 일종의 폭력이다. 지금 우리 사회에는 사는 곳이 곧 자랑거리이자 자부심인 이상한 문화가 생겼다. 물론 누구나 제반 시설이나 환경이 잘 갖춰진 곳에서 살고 싶은 마음은 있다. 하지만 사는 동네의 이름, 사는 집의 가격으로 나와 타인을 구분하고, 심지어 등급을 나눈다면 부끄럽기 짝이 없는 일이다.

신의 허락을 받아 천국과 지옥을 방문한 사람이 있었다. 먼저 방문한 지옥은 짐작과 달리 환경이 크게 나쁘지 않았다. 환하고 깨끗한 식당에는 예쁜 테이블마다 아주 먹음직스러운 진수성찬이 차려져 있었다. 다만 족히 1미터는 되어 보이는 아주 기다란 젓가락이 조금 특이

했다. 식사 시간이 되었다. 지옥 사람들은 각자 젓가락으로 음식을 집어 자기 입에 넣으려고 했다. 하지만 젓가락이 팔보다 긴 탓에 음식을 전부 떨어뜨리기만 하고, 한 입도 제대로 먹지 못했다. 식당 바닥은 금세 더러워졌고, 모두가 허기에 울부짖으면서 서로 먼저 먹겠다고 싸웠다. 놀란 방문자는 얼른 지옥에서 빠져나와 천국으로 이동했다. 천국의 식당도 지옥과 똑같았지만, 지옥에서 보았던 그런 난장판은 없었다. 모두 기다란 젓가락으로 맞은편에 앉은 상대방의 입에 음식을 넣어 주었기 때문이다. 그는 마침내 천국과 지옥의 차이점을 깨달았다. 천국에는 서로 배려하고 남을 위할 줄 아는 사람이, 지옥에는 그 반대의 사람이 살고 있었다.

좋은 동네, 좋은 마을은 좋은 사람이 만든다.
배려와 관심, 돌봄과 나눔의 공동체 정신이 너와 나, 우리 모두를 살리고 살기 좋은 사회, 마을, 가정을 만들 수 있다.

골든타임 복지

영화 〈기생충〉의 주인공은 가난하고 무능한 가장이다. 그는 계획이 뭐냐고 묻는 아들에게 '절대 실패하지 않는 계획은 무계획'이라고 말한다. 지금 아무리 계획을 세워 봤자 어차피 계획대로 안 되기 때문이란다.

밥과 연탄으로 만든 길

실제로 평생 가난하고 어려운 삶을 살아온 분들은 체념한 듯이 자신의 상황과 환경을 묵묵히 받아들일 뿐, 저항하지 않는다. 자신은 원래 이렇게 운명 지어진 사람이라는 듯이 '무계획'으로 산다. 이겨 내거나 개선하려는 의지나 용기는 접은 지 오래다. 설마 처음부터 그랬겠는가. 한때는 더 잘살아 보려고 애쓰기도 했지만, 계획이 계획대로 되지 않은 적이 더 많았을 것이다. 실패와 좌절이 잇달아 생기면서 불편하고 고된 삶은 당연해지고, 뭔가를 요구한다는 건 쓸데없는 짓이 되어 버렸다. 이런 분들은 우리가 지금 무엇이 가장 필요한지, 원하는 것이 무엇인지 물어도 똑 부러지게 말씀하지 못한다. 미안하고 창피한 마음도 있겠지만, 본인조차 잘 모르는 탓도 있다. 그러면 우선 천천히 이야기를 들어 주는 것부터 시작해서 비언어적인 표정과 속마음까지 헤아려야 한다. 내가 주고 싶거나 하고 싶은 것보다 상대가 필요하고 원하는 바를 짚어내는 것이 중요하다. 다시 말해 소위 '감이나 촉'이 좀 좋아야 한다는 이야기다.

'사랑은 타이밍'이라는 말이 있다. 실은 사랑뿐 아니라 어떤 일이든 제때를 놓치지 않는 것이 무척 중요하다. 사과나 감사 인사는 물론이고, 무언가를 사거나 팔 때, 어떤 상황을 대비하거나 수습하는 일도 그렇다. 이처럼 매사에 '가장 좋은 때'가 있는 법이고, 복지에도 '골든 타임'이 존재한다. 이 골든타임을 놓치지 않으려면 수준 높은 '관찰력'과 '실행력'이 필요하다. 먼저 세심하고 정확하게 상황을 살피면서 필요한 것을 찾아내고, 지원 시기를 결정하여 되도록 신속하게 집행하는 것이 매우 중요하다. 그런 면에서 나는 관찰력과 실행력이 부족하지는 않았던 것 같다. 재원과 자원, 인력까지 모두 부족한 상황에서 그마저 없었다면 지금까지 이어 오지 못했으리라.

연탄은행, 신나는 아동센터, 연탄교회, 비타민 목욕탕, 마을관리소 등이 모두 그렇게 탄생했다. 어쩔 수 없이 방치되는 아이들에게 보호자와 선생님이 필요해 보여 아동센터를 만들었고, 어르신들이 정을 나눌 공간을 원하시는 것 같아 연탄교회를 열었다. 씻는 일조차 힘든 분들을 위해 목욕탕을 열었고, 어르신들이 점점 고립되어 자신을 외딴섬처럼 느낄까 봐 마을관리소를 만들었다. 이런 일들이 모두 지역사회를 더 살기 좋은 곳으로 만들기 위한 지역복지다. 내가 하고 싶거나 주고 싶은 것보다 그들이 필요하고 원하는 것이 무엇인지 찾아 사업 방향을 설정하고 재원을 찾는다. 그렇게 바로바로 필요한 때에 신속하게 접근하여 거둔 성과라 할 수 있다. 해당 지역과 주민을 세심하게 관찰하고 그들의 처지에서 생각해 나온 결과물이라고 자부한다.

밥과 연탄으로 만든 길

시대와 함께
성장하다

스마트 시대, 스마트 시니어

바야흐로 기술이 사람을 따돌리고 먼저 앞서 나가는 시대다. 요즘에는 간단한 음식 주문은 물론이고 예약과 예매, 행정 사무 등도 온라인이나 기기 사용을 권장한다. 앞으로는 이런 방식이 더 많은 분야로 확대될 전망이다. 삶의 편의성을 높이려는 의도지만, 너무 빠른 발전 속도를 쫓아가기가 버겁기도 하다.

'디지털미디어 소외 계층', 디지털 기기나 온라인 서비스를 사용하는 데 어려움을 겪는 사람들을 일컫는 말이다. 대부분 저소득층, 고령자, 장애인, 그리고 농어촌 및 도서 지역민 등이다. 예전에는 가난이나 장애가 사회적 소외의 원인이었는데 요즘은 발전하는 기술이 소외를 만든다. 의도적이든 아니든, 소외가 존재하는 사회는 건강하지 않다. 소외는 사회의 결속력을 약화하며 배척과 불평등, 양극화를 초래하기 때문이다. 이런 사회는 절대 공동체를 이룰 수 없다.

어르신 복지 분야의 최신 트렌드는 단연코 디지털미디어 교육을 통한 스마트 시니어 양성이다. 우리도 어르신들이 키오스크 등의 다양한 스마트 기기를 활용하는 일을 더 이상 겁내거나 피하지 않도록 상당히 적극적으로 디지털 기기 활용 교육을 진행 중이다. 북원노인종합복지관을 이용하는 어르신들은 들어오면서 키오스크로 출석 체크를 하고 그날의 수강 일정이나 식당 메뉴, 공지사항 등을 확인한다. 식당에서도 따로 줄을 서시 않는다. 들어오면서 입력한 번호가 모니터에 표시되어 바로 식사할 수 있다. 처음에는 이제는 키오스크로 한다니까 대부분 마뜩잖아 했다. 그냥 이름을 쓰면 되지 뭐 하러 이런 걸 하냐며 부담스러워했지만, 직원들이 상주하며 일일이 가르쳐 드렸더니 이제는 척척 잘도 하신다.

우리 어르신들은 직접 미디어 콘텐츠를 생산하는 크리에이터가 되기도 한다. 교육을 이수한 어르신 아나운서들이 기획, 원고 작성, 출연까지 콘텐츠 제작의 전 과정에 참여해서 복지관 유튜브 채널에 다양한 영상을 업로드하고 있다. BS청춘라디오방송국 어르신들이 직접 제작한 라디오 드라마 〈찔레꽃 피던 날〉과 〈주파수 1950〉은 2019년 방송통신위원회 시청자미디어 대상 오디오 부문에서 각각 우수상과

밥과 연탄으로 만든 길

장려상을 받는 쾌거를 올리기도 했다.

아무리 기술이 좋고 개발이 좋아도 그 때문에 사람 사이에 격차가
벌어지고 소외되는 사람이 생겨서야 하겠는가. 디지털미디어 소외
계층이 새로운 기술을 '나는 못 하는 것'이 아닌 '더 편리한 것'으로 인
식하기를 바란다. 이를 통해 그들이 더 많은 참여의 기회를 얻을 수
있기를 기대한다. 복지도 시대와 추세에 따라 변화하고 성장한다. '단
한 사람도 소외되지 않게 하는 것'이야말로 내가 꿈꾸는 공동체의 정
신이고 우리 사회의 복지가 지향해야 할 점이다.

복지 대동여지도

'복지 사각지대', 나뿐 아니라 모든 사회복지 분야 종사자들에게 참
으로 긴장되고 어려운 말이다. 존재하는 줄도 몰랐던 사각지대가 드
러나는 순간, 그간의 노력과 열정은 빛을 잃고 자괴감이 몰려든다. 나
역시 혹여 나의 안일함과 핑계, 부주의와 소홀함으로 사각지대에 놓
인 누군가를 발견하지 못하고 놓칠까 봐 늘 노심초사해 왔다.

복지는 사람이 사람에게 하는 일이다. 사람이 하는 모든 일이 그렇
듯 작은 오류나 실수가 발생할 수 있다. 문제는 복지 분야에서는 이
작은 오류와 실수가 누군가의 삶에 지대한 영향을 미칠 수도 있다는

사실이다. 만약 그런 불상사를 방지할 수 있는 기술이 있다면 적극적으로 최대한 동원해서 더 강력하고 정확한 복지를 실행해야 한다. 밥상공동체 연탄은행의 '스마트 복지맵'은 이런 생각에서 출발하여 개발되었다. 복지 사각지대를 없애려는 노력, 누구도 소외되지 않기를 바라는 마음이 담긴 결과물인 셈이다.

복지 지도라는 개념은 이전부터 존재했다. 먼저 도입해 시행 중인 지자체도 일부 있지만, 대상자가 어디에 거주하는지만 확인하는 수준에 그친다. 반면에 우리 '스마트 복지맵'은 이보다 진일보하여 각 대상자에 대한 세부 정보까지 통합 관리하는 시스템이다. 대상자의 기본 인적 사항부터 상담 및 지원 내역 등을 비롯해 특이 사항이나 사회복지사의 방문 횟수까지 모두 데이터베이스화했다. 클릭 한 번에 이런 자료들을 확인할 수 있어서 더 정확하고 효과적이다. 스마트 기술을 활용해 단 한 명도 소외되지 않는 복지에 한 발 더 가까워졌다고 할 수 있다.

스마트 복지맵으로 연탄 배달 동선의 맵핑도 가능하다. 연탄 배달은 무턱대고 나르기만 할 일이 아니라, 최대한 빠른 동선으로 시간과 에너지 낭비 없이 하는 것이 무척 중요하다. 봉사자들이 추운 겨울에 무거운 연탄을 지고서 낯선 동네의 좁은 골목을 다니기가 절대 쉬운 일이 아니다. 눈이라도 오는 날에는 다리가 후들거릴 정도. 쉽게 생

　　　　　　　　　　　　　　밥과 연탄으로 만든 길

각했다가 한두 가구 배달하고서 완전히 지쳐 버리는 봉사자도 꽤 많다. 예전에는 우리 직원과 활동가들이 마을 지도를 펼쳐 놓고 머리를 맞대어 동선을 짰다. 바로 이 일이 스마트 복지맵으로 디지털화된 것이다. 예컨대 A 지역에 있는 10개 가구에 연탄을 배달하는 날이라면 스마트 복지맵에 각 가구의 정보를 입력한다. 그러면 최소 시간 동선, 최단 거리 동선, 가장 쉬운 동선 등을 안내받을 수 있다. 또 가구마다 연탄 수량을 전산화해서 좀 더 정확하게 배달 및 잔여 수량 등을 확인하는 일이 가능하다.

김정호가 '대동여지도'로 조선의 지역 네트워크를 만들고자 했듯이, 우리는 '스마트 복지맵'으로 대한민국의 복지 네트워크를 구축하고자 한다. 순수 민간 자원으로 사회 안전망과 복지시설을 구축하여 '단 한 사람도 소외되지 않게 하는' 꿈을 꾸고 있다. 이제껏 그래왔듯이 이번에도 꿈이 꿈으로만 남지 않기를 바라고 있다.

포용과 배려의 탄소 중립

2023년 서울연탄은행의 20번째 연탄 나눔 재개식의 주제는 '기후 위기, 연탄 때고 싶어서 때나유'였다. 탄소 중립을 외치는 세상에서 기후 변화로 더 추워진 겨울을 연탄으로 버텨야만 하는 어르신들의 마음을 담았다. '연탄 때고 싶어서 때나유'는 우리가 일부러 만들어 낸 말이 아니다. 어르신들이나 직원들과 이야기를 나누다 보면 답답한 마음에 꼭 한두 번씩은 저절로 나오는 푸념을 주제로 삼았다.

최근 '탄소 중립'이 세계적 어젠다로 떠오르면서 연탄이 따가운 눈총을 받고 있다. 연탄은 억울하다. 일반 가정에서 사용하는 민수용 연탄은 기후 환경에 미치는 영향이 거의 없는데, 산업용이나 발전용으로 쓰이는 석탄, 무연탄 등과 똑같이 환경 오염의 주범인 양 매도되니 말이다. '도시가스가 들어오지 않는 낙후한 지역에 살아서.', '비싼 기름을 살 돈이 없어서…….', 연탄을 땔 수밖에 없는 이유가 다 있는데, 연탄을 땐다는 이유만으로 덮어 놓고 눈총을 주니 난처할 따름이다.

우리나라도 '2050 탄소 중립'을 목표로 머지않아 연탄 생산을 중단한다고 한다. 연탄 없는 겨울을 생각도 안 해 본 사람들에게는 청천벽력 같은 이야기다. 하지만 기후 위기 대응과 탄소 중립은 거스를 수 없는 세계적인 추세이고, 장기적인 관점에서 피할 수 없는 일이다. 다만 어려운 생계 탓에 연탄을 사용할 수밖에 없는 에너지 취약계층에는 좀 더 유연성을 발휘해 적용해 주었으면 한다. 하여 조금 다른 개념의 탄소 중립을 생각했으면 한다. 소외와 배척이 아니라 포용과 배려의 탄소 중립, 비판과 비난이 아니라 이해와 공감을 바탕으로 한 탄소 중립이 필요하다.

밥과 연탄으로 만든 길

우선 탄소 배출의 주범은 발전용과 산업용 연료이므로 탄소 중립의 초점이 그쪽으로 더 맞춰져야 할 것이다. 더불어 경제적, 심리적으로 여유로운 분들이 사회적 책임 차원에서 탄소 배출을 줄이는 노력을 해 주기를 기대한다. 더 줄일 수 있는 쪽에서 그렇지 않은 쪽을 배려 하면 서로 중립을 이룰 수 있다는 이야기다. 이러한 상호 보완적인 탄소 중립과 사회적 책임 실현이 기후 환경 문제를 하나씩 해결해 가는 밑거름으로 자리 잡기를 바라는 마음이다.

자는 사람은 깨울 수 있어도, 자는 척하는 사람은 깨울 수 없다고 했다. 자는 척 눈을 감고 있는데 뭐든 보일 리가 없다. 좁고 편협한 눈을 버려야 한다. 눈을 더 크게 뜨고 시야와 생각의 폭을 넓힐 필요가 있다. 모두가 지금 있는 위치에서 나보다 더 어렵고 힘든 사람들을 위해 무엇을 할 수 있을지 되돌아봐야 한다. 연탄을 때고 싶어서 때는 사람은 없음을, 왜 연탄을 땔 수밖에 없는지를, 연탄이 생존의 에너지인 사람들이 있음을 꼭 알아주었으면 한다.

연탄은행에서 에너지은행으로

고지대 달동네나 비닐하우스촌은 언제나 전시 상태다. 상대는 날씨, 주로 폭염과 한파다. 겨울에는 사방에서 바람이 몰려 들어와서 집 안팎이 큰 차이가 없다. 여름에는 다닥다닥 붙여 지은 집들의 공간이 너무 좁고 가로막힌 곳이 많아서 실내 온도가 어마어마하다. 숨이 턱턱 막히는 공간에서 에어컨도 없이 부채와 목이 부러진 선풍기만으로 더위와 싸워야 한다. 기후 변화로 점점 더 길고 심해지는 여름철 폭염과 겨울철 한파는 끝나지 않고 반복되는 전쟁이다. 가난한 삶을 더 힘겹게 만드는 원흉이다.

현대 사회에서 에너지는 인간답게 살기 위해 필요한 기본권 중 하나로 여겨진다. 누구나 최소한의 에너지 혜택을 누릴 수 있도록 적정 수준의 에너지 공급을 보장받아야 한다. 간단히 생각해 봐도 이렇게 발전한 사회에서 추위나 더위로 고통받는 사람이 있다면 분명히 큰 문제다. 적정 수준의 에너지 소비를 감당하지 못해 사회적 배려가 필요한 사람들을 가리켜 '에너지 취약계층'이라고 한다. 연탄은행을 열 때만 해도 추운 겨울에 냉골만은 면하게 온기를 더할 걱정만 했는데, 요즘에는 냉난방이 모두 큰 문제다.

'에너지은행'은 에너지 취약계층을 위한 은행이다. 기존의 연탄은행을 확장한 개념으로 특정 계절이나 에너지원에 국한하지 않고 좀 더 포괄적이고 지속적으로 지원하려는 목적으로 설립되었다. 전국 31개 지역 연탄은행 가운데 원주, 서울, 춘천, 부산, 대전, 서산, 인천, 동두천, 연천, 전주 등 10개 지역 연탄은행을 중심으로 구성된 사회적협동조합이다. 연탄은행이 전국으로 퍼져 나가면서 겨울철 어려운

밥과 연탄으로 만든 길

이웃을 위한 나눔과 봉사의 상징이 된 것처럼, 에너지은행도 앞으로 대한민국의 에너지 복지를 선도해 나가고자 한다.

연탄은행에서 에너지은행으로의 탈바꿈은 아직 시작 단계다. 미래를 위해 꼭 필요한 일이라고 판단해 시작했으나 아직 현실적인 고민이 많다. 탄소 중립이라는 거스를 수 없는 흐름을 따르는 동시에, 아직 그 흐름을 따르기에는 구조적으로 어려운 분들을 살피고 돌보아야 하기 때문이다. 어느 한쪽도 소홀히 할 수 없고 양쪽을 모두 아우르는 방법을 모색해야 하니 함부로 판단하거나 섣불리 시행할 수 없다.

다만 한 가지 믿고 있는 것은 '나라도, 우리라도 해야 한다는' 간절함이다. 우리는 다양하고 실제적인 지역복지 운동으로 사회적, 경제적 절대 약자와 에너지 취약계층을 보듬어 오늘에 이르렀다. 이렇게 축적된 힘을 모아 지역사회 곳곳에 펼쳐가는 에너지 복지의 요람이 되고자 한다. 이것이 앞으로 우리 에너지은행의 방향이자 목표가 될 것이다.

제3장

애환들:
연은 바람결에 뜬다

살다 보면 가끔은 난관에 부딪히기도 하고, 반갑지 않은 만남도 있다. 편견도 있고, 오해도 있다. 당장은 억울하기도 하고 좌절감에 휩싸이기도 하지만, 결국은 다 지나가는 바람이다. 바람이 없으면 연은 날아오르지 못한다. 아무리 아름다운 연이라도 바람을 타고 날아올라야만 자태를 뽐낼 수 있는 법이다. 어려운 과정과 시련, 보람과 기쁨이 있었기에 밥상공동체 연탄은행이 지금의 모습이 될 수 있었으리라 믿는다. 그 모든 애환은 나를 더 나답게, 우리를 더 우리답게 만들었다.

좋은 일이
오려나

쌍다리 수난사

원주천 쌍다리 아래에는 정말이지 별의별 사람이 다 찾아왔다. 넓은 오지랖을 타고났는지 밥만 먹고 가시도록 하지 않았다. 한 분씩 일일이 사연을 듣고 필요한 것을 물었다. 오늘은 이야기하고 싶지 않은 내색이면, 다음 날에 다시 말을 걸었다. 그래도 아니면 그다음 날에 다시 말을 걸었다. 그러면 다들 차차 자기 이야기를 털어놓았다. 그중 상당수가 의료적 도움이 필요해 원주시 보건소와 협력해 다리 아래에 천막 병원을 열었다. 한쪽에서는 무료 이발소도 운영하고, 옷을 기부받아 월 1회 바자회도 열었다. 쌍다리 아래에서는 매일 진풍경이 펼쳐졌다.

술꾼과 깡패들도 왔다. 원래 다리 밑은 자기들이 술판을 벌이는 곳

밥과 연탄으로 만든 길

인데 밥상공동체 때문에 밀려났다며 시비를 걸고 험악한 분위기를 만들었다. 굳이 식사하는 어르신들 옆에 가서 집기를 발로 걷어차거나 각목을 휘두르기도 했다. 어르신들은 행여 눈이라도 마주쳐 해코지당할까 봐 고개를 푹 숙이고서 밥도 제대로 드시지 못했다. 간혹 우리 목사님한테 왜 그러냐고 소리를 지르는 분도 있었지만, 큰 싸움으로 번질까 봐 내가 말렸다. 내가 여기는 밥을 나누는 곳이니 술을 꺼내지 말라고 하면 어김없이 주먹이 날아왔다. 몇 번 그러고 나니, 적어도 얻어맞지는 말아야겠다는 생각이 들었다. 나도 나지만 쌍다리 무료급식과 식사하러 오시는 어르신들을 지키려면 마음을 단단히 먹고 어떻게든 막아 내야 했다.

그동안 목회자로서 예의를 갖추느라 입었던 양복과 구두를 벗고, 이제는 활동하기 편한 옷차림에 운동화를 신었다. 태권도 연습도 시작했다. 지난번에 맞아서 퉁퉁 부은 얼굴과 시퍼런 눈을 한 채, 달밤에 하나, 둘 구령을 붙여 가며 팔다리를 척, 척 뻗어 보았다. 물론 영화에서처럼 내가 며칠 연습해서 갑자기 동네 불량배들을 평정하는 일은 불가능했다. 다만 날아오는 주먹이라도 막아야 하니 몇 날을 꾸준히 연습했더니 은근히 자신감이 붙었다. 나중에는 술꾼과 깡패들이 와도 맞지 않고 버터서 내쫓을 수 있게 되었다. 그랬더니 그들도 당황했는지 이제는 목사가 사람을 친다면서 하나님이 그러라고 시키더냐고 했다.

지금은 이렇게 마치 무용담을 늘어놓듯 덤덤히 이야기하지만, 실제로는 꽤 위험한 순간들이었다. 칼을 들고 덤비거나, 사무실로 몰려와서 유리창을 깨고 봉사자들을 구타하려는 사람도 있었다. 목이 졸려 죽을 뻔하면서도 절대로 물러나면 안 된다는 마음으로 버텼다. 그들이 소주병을 깨면 나도 같이 소주병을 깨고, 그들처럼 욕도 섞어 가며 싸웠다. 어떻게든 쌍다리 아래를 지켜야 다음 날 밥상을 차릴 수 있었기 때문이다. 어쩌면 하나님이 보시기에는 탐탁지 않을 수도 있지만, 그때만큼은 이해하셨으리라 믿는다. 그렇게 10여 년간 수난이 계속되더니 시비와 충돌도 차차 사라졌다. 그때 우리와 갈등을 빚었던 사람 중에는 봉사자, 후원자로 변모한 사람도 있다. 정말 감사하고 행복한 일들이다.

달달한 노가다 복지

봉사 활동하러 온 대학생들에게 땅을 파는 일을 맡긴 적 있다. 그때 꼭 필요한 일이기도 했고, 젊은 사람이 여럿이라 어렵지 않을 거라고 생각했다. 그래도 학생들이 언제 땅을 파 봤겠나 싶어서 직원들이 앞에서 시범까지 보이며 신나게 땅파기를 시작했다. 그런데 얼마 못 가서 한 학생이 삽을 던지듯이 툭 내려놓고 그만하겠다고 했다. 무슨 일인가 싶어 이유를 물었더니 "우리가 봉사하러 왔지, 노가다 뛰러 왔나요?"라고 했다. 순간 머리가 띵했다. 학생이 언급한 '노가다'라는 말은 이후로도 오랫동안 내 머릿속에 잔상으로 남았다. 그가 생각하고 바

밥과 연탄으로 만든 길

랐던 봉사란 무엇이었을까? 나의 그것과는 어떠한 간극이 존재할까?

노가다는 일본 말이고, '막일'이 올바른 표현인데 그 사전적 의미가 '이것저것 가리지 않고 하는 노동'이라는 뜻이다. 그렇다면 노가다라는 말에 동의할 수밖에 없다. 어렵고 힘든 이웃, 소외되고 돌봄이 필요한 이들을 돕는 일이라면 말 그대로 '이것저것 가리지 않고' 해왔기 때문이다. 꼭 필요하다고 판단하면 가리지 않고 온몸으로 부딪쳤다. 다른 한편으로는 노가다라는 말에 동의하기 어렵다. '막일'의 또 다른 사전적 의미인 '중요하지 아니한 허드렛일'이라는 관점에서 그렇다. 26년간 아무리 고되어도 지금 하는 일이 중요하지 않다고 생각한 적은 단 한 번도 없었다. 오히려 너무나 중요해서 간절했고, 간절했기에 쉬는 일조차 사치로 여겼다. 어려운 분들에게 밥과 연탄은 '생존 필요 조건'이다. 누군가의 생존에 관한 일이 중요하지 않을 리 없지 않은가!

뭐, 노가다라고 해도 딱히 항변할 마음은 없으나 오해는 말아 주었으면 한다. 노가다로 비하되는 육체노동은 알고 보면 상당한 기술과 노하우가 필요한 일이다. 단순히 힘만 쓰는 일이 아니다. 우리가 하는 일도 마찬가지다. 육체적으로 고되고 어려운 동시에 나름의 고난도 기술과 세심함이 요구된다. 예를 들어 연탄 나눔은 단순히 연탄만 가져다드리는 일이 아니다. 해당 지역과 각 가구에 대한 세심한 이해, 구체적으로 주거 환경과 식생활, 건강 상태 등에 대한 이해가 선행되

어야 한다. 언제, 어디에, 몇 장의 연탄을 지원하고, 어떤 동선으로 이
동하고, 어떤 방식으로 연탄을 적재할지 등도 면밀하게 생각해야 한
다. 사례마다 복잡한 프로세스와 변수로 가득 찬 일이다. 지금은 스마
트 복지맵으로 이전보다는 품이 줄었지만, 이 역시 발로 뛰어 얻은 데
이터가 축적되었기에 가능한 일이다.

우리는 '노가다 복지'로 시작했지만, 그것을 '확장 가능한 복지'로 만
들었다. 원주천 쌍다리 아래에서 시작한 밥상 운동은 밥상공동체종
합사회복지관으로, 연탄 1,000장은 8,420만 장으로 끊임없이 확장을
거듭했다. 앞으로도 하나의 사업이 새로운 사업으로 이어지고 개발
되며, 다양한 분야와 연계해 나비 효과로 이어질 것이다. 또 우리는
'노가다 복지'로 시작했지만, 그것을 '지속 가능한 복지'로 만들었다.
지역 공동체에서 시작하여 대한민국에 밥과 연탄의 의미, 봉사와 나
눔의 가치를 전파하는 데 주력했다. 초고령화 시대를 맞이하여 영세
어르신 복지에 주력하고, 시대 흐름에 맞춰 에너지 복지에 초점을 맞
추는 등 지속 가능성을 확보하고 있다.

누군가 이 책에 관해 묻는다면 '연탄 배달 목사의 달달한 노가다 복
지'를 담았다고 소개하고 싶다. 당장 손길이 미치지 못하는 곳을 위하는
동시에 내일을 추구해 가는 자립과 자활을 꿈꾼다. 더 따뜻하고 벅차게
어려운 이웃과 소통하는 '달달한 노가다 복지'를 멈추지 않을 것이다.

밥과 연탄으로 만든 길

아웃사이더 목사의
섬김

배척보다 배려를

'전쟁'과 '평화'처럼 서로 어울리지 않는 말들이 있다. '배척'과 '복지'
도 그렇지만, 현실에서는 때때로 동시에 존재하곤 한다. 대부분 사람
이 어려운 이웃을 돕는 일은 분명히 좋은 일이라고 말하고 칭찬과 격
려를 아끼지 않는다. 하지만 그 과정에서 자신이 불편함을 느끼면 가
차 없이 거부하면서 배척하는 일들이 꽤 일어난다.

밥상공동체 초창기, 아직 담임목사 일을 병행할 때는 쌍다리 아래
에서 만난 분들이 종종 교회 예배에도 왔다. 대부분 실직자, 노숙인,
영세 어르신이었는데 이 중에는 술을 거나하게 마시고 오거나 교회
앞에서 담배를 피우는 이도 적지 않았다. 또 그때는 교회 2층 공간을
임시 노숙인 쉼터로 썼기 때문에 교회 분위기가 전반적으로 다소 어

수선했던 것도 사실이다. 결국 참다못한 교인들의 불만이 쏟아졌다. 그 사람들이 교회 분위기를 흐려서 싫고, 냄새가 심해서 같이 예배드리기 어렵다고 했다. 얼마 전만 해도 우리 목사님이 참 좋은 일을 한다며 응원하고, 도울 일이 없냐고 묻던 교인들이었다. 하지만 불편함이 느껴지자 차가운 겨울바람 같은 감정을 숨기지 못하고 완전히 다른 모습을 보였다.

물론 나도 목사로서 흡연과 음주를 권장하지 않는다. 하지만 어르신들이 내뿜는 담배 연기를 보고 있노라면, 삶의 고단함과 아픔이 느껴졌다. 불편하기보다는 그들을 짓누르는 삶의 무게가 연기와 함께 사라지기를 바라는 마음이 더 컸다. 예배와 식사를 마친 어르신들이 손수레나 유모차를 밀면서 흥얼흥얼 노래하며 가는 뒷모습은 너무나 멋지고 보기 좋았다. 교인들은 냄새가 난다고 했지만, 이상하게 나는 냄새가 나는 줄도 몰랐다. 냄새가 났다면 그것은 예수의 향내일 테니 차마 저버릴 수 없었다.

내가 하는 일 자체를 달가워하지 않는 사람들도 있었다. 일부 지역민들은 서울에서 온 목사가 뭘 안다고 저러냐며 의심스러운 눈초리로 보았다. 말하기도 뭣하지만, 주변의 다른 교회들도 그리 달가워하지 않았다. "목사라면 교회 일이나 잘해라.", "왜 교회가 나라에서 할 일을 하느냐.", "유난 떨지 말고 그럴 시간에 하나님 말씀으로 전도

밥과 연탄으로 만든 길

나 해라……." 온갖 소리가 들렸다. 가장 당황했던 건 공직자들의 반응이었다. 그들이 나 때문에 원주에 노숙자가 늘어난다고 문제로 삼을 때는 참 기분이 묘했다. 엄밀히 말하면 공공 부문의 대처가 미흡한 부분을 민간 차원에서 보완하고 있는데 일거리가 늘어나거나 민원이 생길까 봐 지레 걱정부터 하는 태도라니, 분명히 잘못되었다.

사회적 약자에 대한 배척은 어찌 보면 중대한 죄다. 일부러 그러는 것이 아니고 그냥 싫은 마음이 드는 걸 어쩌냐고 해도 마찬가지다. 배척은 가난하고 약한 계층을 더욱 소외시키며 혐오로 이어지기 때문이다. 사회적 약자는 틀린 사람들이 아니라, 다른 사람들이다. 약자를 배려하지 않고 배척하는 사회는 결코 건강하게 발전할 수 없다.

짐승의 세계에서는 무리 중 힘이 떨어지거나 다친 개체를 가차 없이 죽이거나 버린다. 우리는 짐승이 아니라 사람이다. 사람이라면 사회적 약자를 이해하고 배려하며 함께 더불어 살아가야만 한다.

아웃사이더 목사

나는 신학을 전공하고 정통 교단(예장통합)의 목사가 된 사람이다. 사회복지를 공부한 적도 관련 서적도 탐독하지 못했다. 다만 목회하면서 IMF 사태라는 국가적 위기를 만나 주변의 어려운 이웃들을 만났고 돕기 시작했을 뿐이다. 사람이 물에 빠지면 먼저 구조해서 살려야 하는 것이 우선 아닌가, 그래서 어렵고 힘든 사람들을 보면 다른 것은 따지지 않고 손부터 뻗었다. 물론 전문적인 사회복지 지식이나 경험도 없이 뛰어들어 밥을 나누고, 무료 집수리를 하고, 노숙인 쉼터를 만드니 우려되기도 했을 것이다. 특히 제도권 사회복지 종사자나 공직자들은 있는 그대로 곱게 보이지 않고 달갑지 않을 수도 있었다.

내가 '이벤트 복지'를 한다고 말하거나, '노가다 복지'를 한다며 깎아내리는 사람들도 적지 않았다. 어떻든 말도 많고 시비도 있어 서울사이버대학교 편입하여 2년 동안, 나름대로 사회복지를 공부하고 사회복지사 자격증도 취득했다. 그런데도 내가 학부부터 정규과정을 거쳐 사회복지를 전공한 사람은 아니기에 심심치 않게 말들이 있다.

나는 감히 묻고 싶다. 나처럼 한 사람이 있는지, 입으로 말하기 전에 발로 뛰어본 적이 있는지 묻고 싶다. 누군가를 살리기 위해 발 벗고 나서서 실질적인 도움을 추진한 적 있는지 묻고 싶다. 나는 현장에서 수많은 사람과 얽히고설키며 밥을 푸고 연탄을 날랐다. 정부에 '사랑의 집수리 사업'을 제안하여 현재의 주거환경개선사업이 나왔다. 정부의 일방적인 노숙자 쉼터 통폐합 조치를 재검토하게 했으며, 에너지 빈곤층을 위한 정책을 제안해서 '연탄쿠폰 사업'이 실시되었다. 매년 인상되는 연탄값 동결을 주장해 현재 연탄 소비자 가격이 850원

밥과 연탄으로 만든 길

에 머물러 있다. 서울의 마지막 달동네 백사마을에 연탄은행은 물론이고 신나는 아동센터, 비타민 목욕탕을 열었다. 강원도 원주에 세운 밥상공동체종합복지관에 스마트 복지 환경을 구축했고, 이어서 한 해 20만 명이 이용하는 북원노인종합복지관을 열었다.

그런데도 나는 언제나 아웃사이더다. 인사이드에 있는 사람들이 볼 때는 어쩌다 그렇게 된 것으로 생각할 수 있고, 후원도 저절로 이루어지는 것 같이 보일 수 있다. 하지만 나는 26년간 이 사역을 하면서 '도둑질과 나쁜 일' 빼고는 안 해 본 일이 없다. 잠도 5시간 이상 잔 적이 거의 없고 휴가라고 긴 시간 쉬어 본 적도 없다. 오죽하면 밥상공동체는 출근은 있어도 퇴근은 없고, 해가 뜨기는 해도 지지는 않는 곳이란 말이 나왔겠는가? 그래도 난 밥상이 좋고, 연탄 배달이 무엇보다 흥분되는 일이다. 어르신들을 만나 이야기를 나누고 연탄 한 장이라도 더 모금하고자 전국 방방곡곡을 다니는 일이 황홀하고 행복하다. 땀이 꿈이 되고 꿈이 현실이 되는 '하늘 같은 밥, 땅 같은 연탄'은 정말 묘한 매직이다.

누군가 말했다.
골치 아픈 사장보다 힘들어도 노래 부르며 가는 트럭 운전사가 훨씬 더 나은 삶이라고!

밖에서 봐야 세상이 더 잘 보인다

누구나 새로움과 낯섦을 마주했을 때, 불편한 느낌이 들고 거부감이 생기기 마련이다. 나를 향한 달갑지 않은 시선은 그런 심리에서 비롯하지 않았나 싶다. 그 당시에는 서운하고 억울한 마음에 응어리도 있었지만, 이제는 어느 정도 이해되기도 한다. 모두가 어려운 시기에 가진 것도 없는 사람이 더 없는 사람들을 돕겠다고 나서니, 그런 내가 생경해 보이기도 했을 것 같다.

내가 뭔가를 할 때는 늘 '거꾸로' 해 온 탓도 있다. 제도권 밖에 존재하는 아웃사이더로서 나는 문제를 기존의 그것과 전혀 다른 시각과 방향에서 바라보고 접근했다. 복지의 전형적인 프레임을 벗어나고 프로세스를 거스르는 경우가 대부분이었다. 어떤 의도가 있어서 그랬던 것은 아니고, 나의 처지에서 최선을 다해 이리저리 궁리한 끝에 나온 결과다. 그때나 지금이나 남들이 하는 것을 굳이 나까지 나서서 할 필요는 없다는 생각이다. 다른 사람의 손이 닿지 않는 곳을 찾아 살피는 데 열중했고, 완전히 새로운 아이디어를 실마리로 삼아 계속 발전시키며 내달렸다. 이론적 체계에 근거해서 그에 맞추어 하기보다는 차마 그냥 지나칠 수 없는 마음을 먼저 따랐다.

재미있는 점은 사회복지를 전문적으로 배운 적도 없는 내가 해 온

밥과 연탄으로 만든 길

이런 일들이 사회복지학에서 가르치는 내용과 별반 다르지 않다는 사실이다. 사회복지학에서는 "대상자의 강점을 파악해 이를 바탕으로 자립하도록 주변 자원을 개발해서 지원해야 한다."라고 가르친다. 나 역시 이렇게 해 왔다. 우리 사회복지사들은 학교에서 이론을 배워 와 현장에 적용하지만, 나는 현장에서 부딪혀 가면서 본능적으로 했다.

늘 현장을 지키면서 다들 안 된다는 일들을 가능케 하려고 애썼다. 다른 데서는 예산이 없으면 포기하거나 미루는 일들을 나는 그냥 했다. 돈이 없으면 내 주머니를 탈탈 털든지, 사방을 돌아다니면서 도움을 요청하든지 해서 재원을 만들었다. 혹 누군가가 자격과 조건을 들먹여도 포기하지 않았다. 모든 일을 작게 시작해서 앞뒤를 살피고 하나둘씩 보완해 인정하지 않을 수 없게 했다.

물론 전문 지식, 이론, 체계와 프로세스 같은 것들이 중요하고 정확해야 하는 분야도 당연히 있다. 하지만 사회복지 분야는 꼭 그렇지만은 않다. 있다고 해롭기야 하겠냐마는 그것을 우선에 두느라 실질적인 행위와 실천을 미룬다면 잘못된 것이다. 일부러 그랬다고는 여기지 않지만, 안에만 있으면 자각하기 어려울 수 있다. 나는 밖에 있었기에 무엇을 먼저 두어야 하는지, 또 다른 길은 어디에 있는지 더 잘 볼 수 있었다. 이것이 아웃사이더 허기복의 강점이었다.

'어떻게든 가능케 한다.'라는 신념을 잃지 않았다. 어렵고 힘들 때, 괜한 시기와 설화에 시달릴 때는 '단 한 사람'을 생각했다. 나를 통해 단 한 사람이라도 힘을 얻고 일어나 당당히 갈 수 있다면 그것으로 충분하다는 마음이었다. 그 한 사람의 가치가 천 명의 그것에 결코 못지 않기 때문이다.

우리가 돈이 없지,
가오가 없나?

내가 아는 진짜 부자들

급식소를 마련하고자 한창 천사운동(천 원의 사랑을 모으는 운동)을 하던 시기에 원주에서 부자로 소문난 사람을 찾아간 일이 있었다. 당시 원주 의료원 앞 음식점의 주인으로 지역에서는 '갑부'로 불리는 사람이어서 나름 기대를 하고 갔다. 회장님이란 분을 만나 "쌍다리 아래에서 무료급식을 하는 목사인데 이러저러한 취지로 천사운동을 한다. 어려운 이웃을 위해 후원을 좀 부탁드리고자 실례를 무릅쓰고 이렇게 왔다."라고 정중히 말했다. 결론부터 말하자면 보기 좋게 거절 당했다. 경기가 안 좋고 자금 융통도 잘 안 된다는 이유였다. 실망감이 몰려왔다. 못 받은 후원이 아니라 사람에 대한 실망감이었다. 물론 후원은 강요해서도 안 되고, 후원하지 않는다고 뭐라 말할 수는 없다. 하지만 아무리 상황이 안 좋다고 한들 설마 그에게 1,000원짜리 한 장이 없었을까? 돌아오는 길 내내 '그를 정말 부자라고 할 수 있을까?'라는 생각이 사라지지 않았다.

다행히 나는 진짜 부자들을 많이 만났다. 이른 아침에 쌍다리 아래에 가면 지난밤 이들이 남긴 흔적이 있었다. 쌀, 배추, 고구마, 달걀 같은 것들이다. 가끔 자기 집 김치를 좀 가져가라고 해서 가면 온갖 찬거리를 바리바리 싸 주기도 한다. 이들은 모두 남을 도우면서 즐거움을 얻을 줄 아는 진짜 부자들이다. 하면 할수록 즐거운 나눔이 습관이 된 사람들이다. 이런 부자들이 있었기에 "얼마나 가겠느냐."라는 소리를 들은 밥상공동체 연탄은행은 지금까지 현재형으로 나아가고 있다.

원주천 쌍다리 시절, 급식업체의 후원이 중단될 위기에 놓였을 때의 일이다. 여성 한 분이 사무실로 들어와서 여기가 어려운 분들한테 밥을 지어 드리는 곳이냐고 묻더니, 자신은 가까운 절의 보살인데 쌀 두 가마니를 가져왔다고 했다. 쌀 두 가마니라니! 가장 필요한 시기에, 가장 필요한 것을 가져온 것이다. 순간적으로 그래도 명색이 목사인데 받아도 되나 했지만, 어려운 이웃을 돕는 일에 보살이라고 안 될 것은 없었다. 무엇보다 내 코가 석 자인지라, 감사히 받으면서 혼자 속으로 되뇌었다. '하나님, 목사 체면도 좀 생각해 주세요.'라고. 신기하게도 그날 이후 지금까지, 26년 동안 우리는 단 한 번도 쌀이 떨어

밥과 연탄으로 만든 길

지지 않았다.

돈이 많아서가 아니라, 나눌 것이 많아서 부자라 불리는 세상이 곧 오리라고 믿는다. 봉사와 나눔, 기부와 후원은 있어서 하는 것도 아니고, 없다고 못 하는 것도 아니다. 내가 아는 진짜 부자들은 마음이 큰 사람들이다. 가진 것보다 품은 마음이 더 커서 어떻게든 '해야 할 이유'를 찾는 사람들이었다. '대단한 것도 아니니까.', '모두 힘들 테니까.', '나도 살면서 많은 도움을 받았으니까.', '나는 충분히 있으니까.', '내 부모님이 떠올라서…….', 온갖 이유를 든다. 정반대인 사람도 적지 않다. 이들은 가진 것에 비해 마음이 작아서인지, 어떻게든 '하지 않을 핑계'를 찾는다. '경기가 안 좋아서.', '형편이 좀 나아지면.', '나보다 더 잘 사는 사람이 많은데.', '시간이 없어서.', '종교가 달라서…….' 역시 마찬가지로 대려고만 하면 온갖 일이 핑곗거리가 된다.

옛말에 웃으면 복이 온다고 했다. 복이 와서 웃는 것이 아니라, 웃어서 복이 오는 것이다. 세상이 정말 아름다워서 아름다운 것이 아니라, 아름답게 생각하니까 아름다운 것이다. 무슨 일이든 마음먹기 나름이다. 꼭 어려운 이웃을 돕는 일이 아니라 어떤 일이라도 하지 않을 핑계만 찾는 사람은 한 발짝도 나아가지 못한다. 반대로 해야 할 이유를 찾는 사람은 자신의 세상을 조금씩 넓히고 더 밝게 만든다.

산삼을 든 목사

'꽃을 든 남자'가 아니라 '산삼을 든 목사'가 되어 천당과 지옥을 오간 며칠이 있었다. 하루는 지역에서 알고 지내던 분이 선물 받은 산삼을 건넸다. 이 산삼이 500만 원 정도는 받을 수 있다고 들었다면서 목사님이 좋은 일에 써 달라고 했다. 500만 원이라니, 이 돈이면 당장 필요한 중고 승합차를 한 대 살 수 있었다. 승합차만 있으면 원동 제1급식소에서 원주역 앞 제2급식소까지 음식을 안전하고 빠르게 옮길 수 있다. 그동안 수레에 실어서 조심조심 밀고 가느라 30분 넘게 걸리던 길을 7분이면 충분히 간다. 이 산삼 한 뿌리가 우리의 발이 되어 줄 것이다!

돈을 만들어 올 생각에 의기양양하게 서울 경동시장으로 향했다. 하지만 기대와 달리 이 산삼은 상품 가치가 크지 않다는 이야기만 들었다. 값도 500만 원은커녕, 20만 원에서 100만 원까지 부르는 게 값이었다. 결국, 나는 산삼을 그대로 들고 다시 원주로 돌아왔다. 얼마 후에 산삼을 준 지인에게 이런 일이 있었다고 말했더니, 놀란 그가 그 자리에서 바로 선물을 준 사장에게 연락했다. 이번에는 이 사장도 당황해서 산삼 판매자에게까지 연락이 갔다. 산삼 판매자는 틀림없는 물건이라며 환불해 주겠다고까지 했지만, 내가 산삼을 여기저기 가지고 다니면서 손을 댄 탓에 그마저도 불가능하게 되었다. 내 평생 먹기

밥과 연탄으로 만든 길

는 고사하고 본 적도 없는데, 산삼에 손을 대면 안 되는 것을 어찌 알았겠는가!

불과 2~3일 전만 해도 따뜻한 음식을 담은 승합차를 신나게 운전하는 장면을 상상했는데 일이 이렇게나 어그러지다니, 실망감이 이만저만이 아니었다. 힘이 쭉 빠진 내 모습이 안쓰러웠는지 지인에게 산삼을 선물한 사장이 내게 돈을 어디에 쓰려고 했냐고 물었다. 어르신들이 드실 밥을 싣고 이동하려면 승합차가 꼭 필요해서 사려고 했다고 말하자, 그분이 "그게 한 대에 얼마나 하지?"라고 작게 혼잣말했다. 몇 주 후, 밖에서 부르는 소리가 나서 나갔더니 이스타나 승합차 한 대가 와 있었다. 어리둥절해서 보니 그 사장이 "이거 드리려고 왔습니다!"라고 했다. 그러면서 하는 말씀이 목사님이 얼마나 차가 필요했으면 서울까지 가서 산삼을 팔려고 했는지 그 마음이 충분히 이해되더라고 했다. 이렇게 고맙고 감격스러운 일이라니!

돌이켜 보면 어려운 일들이 있은 만큼 감사한 일들도 많았다. 아무것도 없었지만, 없어서 더 열심히 뛰었더니 응원하는 이들이 생겨났다. 그때는 후원하시는 분들에게 기부금 영수증 하나도 못 해 드렸다. 법인이 아니라서 기부를 아무리 크게 해도 소득공제가 가능한 기부금 영수증을 발행할 수가 없었다. 마음에서 우러나 돕고 봉사해 주신 수많은 분의 사랑에 힘입어 이제는 기부금 영수증을 해 드리고, 소득공제도 받을 수 있는 명실상부한 사회복지법인으로 성장했으니 감사하고 또 감사한 일이다.

돈에 웃고, 돈에 울고

26년을 해 왔지만, 모금은 참 쉽지 않은 일이다. 모금은 구걸이 아니라고 스스로 되뇌어 보지만, 그렇다고 나도 모르게 위축되고 작아지는 마음이 사라지지는 않는다. 혹여 '저 사람 또 왔네.'라는 표정을 맞닥뜨릴까 봐 들어가기 전에는 나도 모르게 크게 심호흡하곤 한다. 그래도 말 한마디 못 하고 그냥 나올 때도 있다.

신나는 아동센터를 열어 놓고는 운영비가 없어서 곤란한 때가 있었다. 아무리 머리를 써 봐도 도통 돈이 나올 데가 없으니 도저히 안 되겠기에 당시 사회공헌 사업에 주력하던 대우증권을 찾아갔다. 이전부터 안면이 있던 담당 국장을 만나 이야기를 나누는데 그날따라 이상하게 자꾸만 말할 타이밍을 놓쳤다. 시간은 흐르는데 분위기가 애매해서 끝내 아동센터 이야기는 꺼내보지도 못한 채, 그냥 인사하고 나왔다. 마음먹고 왔는데 아무 소득도 없이 그냥 나가려니 허탈하기가 그지없었다. 건물을 나와서 터덜터덜 걷는데 도저히 발걸음이 떨어지지 않았다. 여의도 거리 한복판에 가만히 서서 땅만 바라보다가 나도 모르게 휴대폰을 꺼냈다. 그러고는 낡은 운동화를 신은 내

밥과 연탄으로 만든 길

발을 촬영해 국장에게 전송했다. '도저히 발이 떨어지지 않아 가지 못하겠네요.'라는 문자 메시지와 함께. 잠시 후, 전화를 걸어온 국장은 아니 이 사진은 뭐고, 발이 떨어지지 않는다는 말은 또 무슨 뜻이냐고 물었다. 자초지종을 말했더니 사업계획서를 보내 달라고 했고, 며칠 후에 대우증권으로부터 신나는 아동센터의 운영비를 지원받게 되었다. 나는 물론이고 아동센터 선생님과 아이들까지 모두 만세를 불렀다!

백사마을에 비타민 목욕탕을 만들 때도 모금이 잘 안 되었다. 목욕탕을 짓는다고 말은 해 놨는데 워낙 돈이 안 모여서 애가 타기에 동네 어르신들과 사랑방인 연탄교회에 모여서 의논을 시작했다. 말이 의논이지 그냥 답답한 마음을 털어놓으면서 서로 위로하고 응원하는 자리다. 내가 목욕탕을 지어 드릴 돈이 안 모여서 속상하다 했더니, 한 어르신이 그러면 어쩔 수 없이 은행이라도 털어야 하지 않겠냐고 농을 던지셨다. 이어서 다른 어르신이 무릎이 아파서 멀리는 못 가고 마을 초입 사거리에 있는 은행으로 가면 되겠다 하셨다. 우습기도 하고 사뭇 진지하게 농담하시는 모습이 재밌어서 나도 장단을 맞춘다고 정 그러시면 내가 들어가서 필요한 만큼 돈을 집어 올 테니, 어르신들은 밖에서 망을 좀 봐 달라고 했다. 그랬더니 또 한 어르신이 명색이 목사님인데 은행 강도로 텔레비전 뉴스에 나오면 망신도 그런 망신이 없으니까, 돈은 당신들이 들어가서 집어 올 테니 나보고 망이나 보라고 하셨다. 그렇게 한참을 서로 들어간다, 망을 본다, 실랑이를 벌이며 웃고 나니 답답했던 마음이 다 풀려 버렸다. 다행히 '망볼 사람'이 결정되지 않아 은행을 털러 가지는 않았다.

밥과 연탄으로 만든 길

민과 관,
둘이서 하나되어

바뀌지 않은 것

이따금 힘이 쭉 빠지고 맥이 풀리게 만드는 요소들이 출몰하곤 한다. 예상한 방해 요소는 사전에 마음의 준비가 되어 있어서인지 나타나도 영향이 별로 크지 않다. 반대로 전혀 예상하지 못한 방해 요소는 더 힘차게 걸어야 하는 내 발걸음을 주춤하게 한다. 무엇보다 나를 힘 빠지게 하는 것은 공공부문, 그러니까 관련 기관과 공직자들의 자세와 태도다. 알다시피 가난에 허덕이며 어렵게 사는 사람을 살피고 돌보는 일은 기본적으로 정부의 임무이자 책임이다. 나라가 할 일인 것이다. 이를 민간 차원에서 해 주겠다고 하면 크게 환대할 것 같지만, 꼭 그렇지만은 않다. 처음에는 나 역시 순진하게도 크게 반기리라 기대했지만, 현실을 깨닫기까지는 그리 오래 걸리지 않았다. 그들에게 나는 껄끄러운 존재일 수 있고, 내가 하는 일을 모두가 달가워하는 것은 아니라는 현실 말이다.

예나 지금이나 행정기관을 찾아가서 뭘 물어도 시원스레 대답해 주는 경우는 잘 없다. 매번 나만 속이 타지 반응은 늘 뜨뜻미지근하다. 차마 박대할 수는 없어서 어쩔 수 없이 상대해 주는 어색한 표정이 역력하다. '저 사람 또 왔네. 또 뭐를 들고 와서 저러나…….', 이런 생각이 빤히 보이기도 한다. 그래도 짐짓 모르는 척 몇 번이고 반복해서 이야기하면 나중에는 아예 속내를 감추려는 노력조차 하지 않는다. 심지어 막무가내로 어깃장을 부리는 사람 취급을 받은 적도 여러 번이다.

한 푼이 아쉽던 밥상공동체 초기, 반가운 정보를 접했다. 대한적십자사에서 무료급식이나 이웃 돕기에 쓰게끔 강원도에 보낸 지원금 5,000만 원이 있는데 간단한 신청과 심사를 거쳐 받을 수 있다고 했다. 좀 더 알아봤더니 마치 우리를 위해 내려진 축복인 양, 취지나 요건이 딱 들어맞았다. 이 지원금만 받으면 한동안은 마음고생을 면하리라 생각하니 가슴이 쿵쾅거렸다. 하지만 그 행복한 시간도 잠시, 자세한 사항을 문의했더니 담당 공무원은 그런 예산이 있는지도 모르고 있었다. 내가 이야기하니까 그제야 서류를 좀 뒤적여 보더니 '신청일이 지나서' 안 된다고 했다! 조금만 양해를 부탁드린다고 해도 무반응이고, 다음에 또 기회가 있을 테니 그때는 늦지 말라는 말만 되풀이

했다. '다음 기회'라니, 지금 굶주린 사람들에게 너무 잔인한 말이다. 어쩌면 이들에게 다음 기회란 없을 수도 있다. 돈이 없는 것도, 자격이 부족한 것도 아니고, 단지 신청일이 지나서 해 줄 수 없다니 기가 막혔다. 원칙이 중요하다지만, 대체 어떤 원칙이 생존의 문제보다 중요하다는 말인가!

물론 친절하고 적극적인 공무원도 많다. 특히 노년층이나 취약계층이 많이 거주하는 지역의 경우, 복지계는 물론이고 모든 직원이 밤낮없이 최선을 다한다. 하지만 늘 그렇듯이 한두 사람이 전체 물을 흐리는 법이다. 모두가 열심히 일하는 행정기관이지만 눈살을 찌푸리게 만드는 '일부' 공무원이 있다. 이들은 항상 '굳이 그렇게까지?'라는 태도로 무장한 상태다. 연령대나 직급과는 상관없이 이런 사람들이 복지 분야에 있으면 일이 참 어려워진다. 아무리 상황을 설명하고 협력을 요청해도 꿈적하지 않는다. 가 봐도 소용없어서, "우리가 알아서 할 테니.", "다른 일이 많아서.", "기다려 보자…….", 이유도 갖가지다. 심지어 "그 집은 냄새가 심해서 방문이 곤란하다."라는 말을 들은 적도 있다.

꼭 그렇다고는 할 수 없지만, 낙후한 지역은 퇴직을 앞두었거나 상대적으로 열의가 부족한 사람이 기관장으로 오곤 한다. 이러면 기관장은 물론이고 그 아래 직원들 사이에도 대체로 자기 한 몸 보전하며 무탈하게 지내다 가려는 분위기가 알게 모르게 형성된다. 지역을 정비하고 주민들을 도우려는 자세나 태도는 도무지 찾아보기 어렵다. 그런 탓에 지역은 더 방치되고 낙후하며 개선의 기회를 얻지 못한다. 도나 시에서 낙후한 지역의 기관을 너무 쉽게 생각한다는 합리적인 의심이 든다.

'가만히 좀 있지. 왜 저렇게 나서서 일을 벌이나⋯⋯.'
세월이 26년이나 흘렀지만, 이런 마음을 담은 눈빛이 여전히 존재한다. 늘 '나서는 쪽'이었던 나는 그 눈빛이 참 아쉽고 속상했다. 그 조직 내부에서도 세대가 몇 번이나 바뀌었을 텐데, 언제나 한두 사람씩은 꼭 있다. 여전히 눈을 감고 귀를 막은 채다. '너희가 알면 얼마나 안다고, 하면 얼마나 한다고.' 같은 고압적인 태도도 은근히 느껴진다. 아무리 훌륭한 정책과 제도를 만들어도 그 눈빛과 태도가 사라지지 않는 한, 우리 사회의 발전과 변화는 요원하지 않을까 우려된다.

진짜 고위층

한번은 모 구청에서 우리를 후원하는 기업들을 일일이 찾아 공문을 발송했다. 연탄만 지원하지 말고 지자체의 이런저런 사회사업에 관심을 가져 달라는 내용이었다. 공문에 지자체 후원 계좌번호까지 버젓이 적어 놓았다. 공문을 받은 후원 기업 등은 그동안 우리가 직접

밥과 연탄으로 만든 길

발로 뛰어 찾고 관계를 맺어 온 곳들이다. 마치 열심히 차곡차곡 채운 곳간을 털린 묘한 기분이었다! 어찌나 마음이 상하던지 구청장을 만나 어떻게 이런 공문을 보낼 수 있냐고 물었다. 구청장은 담당 과장의 실수라느니, 생각이 짧았다느니 하며 사과했지만 내 마음은 영 개운치가 않았다.

밥상공동체 연탄은행의 봉사 활동이 국민운동으로 뿌리내린 덕에 연말이나 선거철이 되면 정치권 인사들이 자주 찾는다. 26년 동안 여러 선거를 겪어오면서 감동한 때도 있었지만, 반대로 씁쓸한 일도 적지 않았다. 특히 당선자들 가운데는 선거 전과 후가 판이한 사람도 적지 않다. 후보자 시절에는 어렵고 힘든 이웃을 위해서라면 몸 바쳐서 일하겠다며 뜨거운 마음을 보이려 애쓰던 사람이 당선되어 고위 공직자가 되면 차갑게 돌변하는 일이 비일비재하다. 원래 그런 사람이었는지, 높은 자리가 그렇게 만들었는지 도무지 알 수가 없다.

"연탄 때는 집들 때문에 지역 전체 이미지가 나빠진다.", "땅값이 떨어진다.", "재개발 사업 추진에 방해가 되니 노출을 삼가 달라……." 어떤 지자체장은 부끄러운 줄도 모르고 이런 말들을 전한다. 선거 전에는 연탄 가구를 위해 나와 함께 지붕 위로 올라가 집수리까지 하던 사람인데 당선되더니 행여 본인 치적에 방해될까 봐 몸을 사리고 거만하기가 이를 데 없다. 후보자 시절에는 먼저 나를 찾아와 인사하더니, 당선되니까 내가 먼저 인사해도 본체만체한다. 분명히 함께 봉사하면서 어려운 주민들을 위해 열심히 일하겠다고 했는데, 원하는 자리에 앉으니 이제는 연탄을 때는 사람들이 성가신 골칫덩이로 보이나 싶다.

나는 연탄 봉사를 '고위층 봉사'라고 말한다. 여기에서 '고위'는 '높은 지위'라는 뜻인 고위(高位)가 아니다. '괴로울 고(苦)'와 '위로할 위(慰)', 이 두 글자를 써서 '고된 삶을 위로한다'라는 의미가 되는 '고위(苦慰)'다. 사회에서 누구나 인정하는 지위에 올라 그 신분을 누리기만 하는 사람은 고위층으로 불리지만 '진짜 고위층'은 아니라고 생각한다. 이런 사람은 그 자리에 올랐다기보다는 근본도 없이 붕 띄워져 있는 상태라고 말하는 편이 더 적합하지 않을까. 그래서인지 자신이 놓인 자리만 눈에 보이고 그 자리를 지키는 데만 혈안이 되어 있다. 그 밖에는 어떤 삶이 존재하는지 알지 못하고, 알려고도 하지 않는다. 오직 자기 자리를 최대한 오래 지키는 데만 관심이 있을 뿐이다. 나는 이처럼 높은 자리에 있지만, 그 아래에 무엇이 있는지 모르는 사람을 '가짜 고위층'이라고 부른다.

'진짜 고위층'은 자신보다 어려운 삶을 돌아보고 살필 줄 아는 사람들이다. 이들은 연탄을 가져다드리지만, 단순히 연탄만 가져다드리지 않는다. 연탄과 함께 따뜻한 위로와 격려, 진심과 배려를 담은 마

밥과 연탄으로 만든 길

음을 전한다. 힘든 이웃에게 다가가 손잡으며 미소를 건네고 진심으로 위로한다. 어떤 목적이나 의도 없이 타인의 불운을 자기 일처럼 안타까워하고, 함께 아파한다. 모두 각자 자신에게 주어진 사회적 책임을 잘 알고 있으며, 그 책임과 가치를 실현하고자 한다. 이런 사람이야말로 '진짜 고위층'이다. 나는 더 많은 고위층 인사가 연탄 봉사를 통해 '진짜 고위층'으로 변모하기를 바란다. 지위나 권세, 재물과 명예보다 어려운 이웃을 섬기고 국민을 진정으로 생각하는 사람을 '진짜 고위층'으로 인정하는 사회와 나라가 되기를 갈망해 본다.

민과 관의 동상이몽

사회복지는 현장을 경험하지 않는 사람들이 함부로 결정을 내려서는 안 되는 분야다. 물론 정치인이나 공직자가 세상의 모든 경험을 공유할 수는 없다. 그렇다면 경험과 노하우, 데이터, 전문성을 모두 갖춘 파트너를 찾아야 한다. 사회복지 분야에서 '민관협력'이 꼭 필요하고 중요한 까닭이다. 복지 선진국일수록 민과 관이 서로 보완하고 지지하면서 사회적 책임과 가치를 함께 실현한다. 민관협력은 서로 동등한 위치에서 파트너십을 발휘할 때 가장 효과적이고 효율적이다. 이런 관점에서 우리나라의 민관협력은 아쉬운 점이 많다. 솔직히 파트너십은 고사하고, 방해나 되지 않으면 좋겠다는 생각이 든 적이 한두 번이 아니다.

2008년도에 이명박 대통령 당선인의 인수위원회에 가서 에너지 취약계층 지원 정책을 제안했다. 그동안 전국 연탄은행에서 실시해 온 연탄가구조사로 얻은 정확한 데이터를 제시하면서 연탄을 땔 수밖에 없는 사람들의 사정을 알렸다. 덕분에 연탄값이 동결되었고, 새로이 '연탄쿠폰 사업'이 시작되었다. 정부도 처음 하는 사업이라 우리가 적극 나서서 협력하였다. 전국 31개 연탄은행을 거점으로 형성된 네트워크와 정확한 데이터가 있었기에 가능한 일이었다.

이런 민관협력 사업을 하다 보면 민과 관이 서로 동상이몽을 하고 있음을 깨닫곤 한다. 우리는 각종 정보, 데이터, 네트워크까지 아낌없이 제공하면서 '정부를 돕는다는' 입장이다. 반면에 정부는 우리를 그저 산하 기관 혹은 위탁받은 기관으로 보는 듯하다. 서로 협력하는 관계가 아니라 갑과 을의 상하관계로 보면서 관리, 감독의 대상으로 대하는 느낌이다. 이렇게 불균형적인 권력관계 속에서 효율과 효과를 최대치로 끌어올리는 협력이 이루어질 리 만무하다. 자료 공유도 그렇다. 정부는 우리에게 서슴없이 자료를 요청한다. 반대로 우리가 필요한 내용을 정부나 지자체에 요청하면 개인정보라는 이유로 거절하기 일쑤다.

새로 등장하는 복지 정책은 매번 아쉬운 부분이 있다. 늘 너무 늦거나 현실에 맞지 않고, 행정적 편의가 위주여서 다소 피상적이고 지엽

밥과 연탄으로 만든 길

적이다. 지나치게 낙관적인 전망 속에서만 가능한 것이라 기대한 효과에 근접하지 못할 것이 뻔히 보이기도 한다. 나름의 조사와 분석을 거쳐 내놓은 정책이겠지만, 정책 입안자들이 현장을 직접 보거나 당사자들의 의견을 청취하지 않은 티가 난다. 예컨대 '취약계층 보일러 교체 지원' 정책이 그렇다. 연탄보일러를 기름보일러로 바꿔 준다는 이야기인데, 이 정책이 무척 흡족했는지 각 지자체가 모두 자화자찬하며 유난스럽게 홍보했다. 이때 나라에서 해 준다니까 일단 기름보일러로 교체한 어르신들은 그해 겨우내 추위에 떨어야 했다. 기초연금 등의 정부 보조금으로 생활하는 어르신들이 한 달 기름값으로 40만 원씩 쓸 수는 없기 때문이다. '탈 연탄' 했던 어르신들은 다음 겨울이 다가오자 다시 창고에 연탄을 들여놓으면서 '연탄 복귀'를 선언했다. 이론적으로 취약계층 보일러 교체 지원사업은 분명히 취지가 좋은 정책이었다. 다만 현실에 대한 이해가 부족해 추후의 연료비 감당 문제를 생각하지 못한 미완의 정책이었다. 이후에 에너지 바우처, 등유 바우처 등 난방비 지원 정책이 추가되었으나 아직 개선하고 보완할 부분이 많다.

그동안 여러 번 실망하기도 하고 화도 났지만, 나는 여전히 바람직한 민관협력, 모두에게 이로운 민관협력을 기대한다. 밥상공동체 연탄은행은 지역복지 운동으로 시작되었고, 지역민들의 삶을 개선하고 돕는 일은 정부 및 지자체와 떼어 놓고 생각할 수 없는 문제이기 때문이다. 서로 동등한 위치에서 파트너십을 보여 준다면 분명히 더 긍정적인 결과를 가져올 수 있다. 언젠가는 민과 관이 서로 대등한 위치에서 서로를 믿음직한 파트너로 인정하고 진정으로 협력할 수 있기를 바란다.

바뀌어야 할 세 사람

우리 사회가 더 나아지려면 세 사람이 바뀌어야 한다.

첫 번째는 '나 자신'이다.

본인에게만 너그럽고 타인에게는 엄격한 잣대를 들이대는 사람이 많다. 극단적인 이기주의나 진영 논리로 사회 질서, 배려와 공감, 상호 이해의 개념이 점점 희미해져서 모두가 자기밖에 모르는 세상으로 변하고 있다. 우리는 모두 자기 자신에 대한 존중을 요구하는 동시에, 타인을 존중할 의무가 있다. 나부터 생각과 행동을 바꾸고 공동체 실천을 소중히 여길 줄 알아야 한다. 그래야만 사회를 변화시키는 힘이 생겨나고, 아름답고 행복한 미래를 꿈꿀 수 있는 세상이 될 것이다. 아프리카 반투족 말인 우분트(ubuntu), '네가 있기에 내가 있다'라는 말의 의미를 깊이 되새길 필요가 있다.

두 번째는 '정치인'이다.

밥과 연탄으로 만든 길

전부는 아니겠지만, 꽤 많은 정치인이 선거 전후, 카메라 앞뒤에 따라 자세와 태도가 바뀐다. 선거철만 되면 봉사하겠다고 찾아오는 출마자 중에는 '저럴 거면 왜 왔나…….' 싶은 사람도 적지 않다. 어떤 이는 보좌관들의 극진한 수행을 받으면서 마치 무슨 교주라도 된 양 행세한다. 할 수 없이 왔으니 어서 사진만 찍고 빨리 갔으면 하는 표정이 역력한 사람도 허다하다. 2시간짜리 연탄 봉사를 하러 와서는 기자들 앞에서 주거 정책을 발표하겠다는 사람도 있다. 연탄 배달도 다 못할 시간에 왜 굳이 그 자리에서 정책 발표까지 하겠다는 건지 도무지 알 수가 없다. 저런 사람이 정치를 하겠다고 나왔으니, 무슨 희망이 있고 기대가 있을까 싶은 적이 한두 번이 아니다.

원래 정치는 봉사다. 국민의 공복으로서 모든 일에 위하고 섬기는 마음을 담아 임해야 한다. 이 기본적인 의미를 자꾸만 잊는 정치인이 많은 것 같아 언급하지 않을 수가 없다. 사회가 더 나아지려면 정치인의 각성과 자기 쇄신, 상식 회복이 꼭 필요하다. 높은 지위에 현혹된 가짜 고위층이 아니라, 고된 삶을 위로하는 진짜 고위층이 되어 주길 바란다.

세 번째는 '공무원'이다.

앞에서도 언급했지만, 공직자나 담당 공무원들의 사고가 현실과 동떨어져 있을 때가 너무 많다. 물론 많은 공무원이 막무가내식 민원과 격무에 시달리는 현실을 잘 알고 있다. 하지만 그와 동시에 매너리즘에 빠졌거나 직업의식이 결여된 모습을 보이는 공무원도 못지않게 많다. 어찌 되었든 국민을 위한 공직자로서 그에 맞는 소명 의식을 갖추어야 하지 않을까? 적어도 할 일이 많아질까 봐, 혹은 귀찮아서 몸을 사리는 모습은 없어야 한다.

안타깝게도 공무원들을 만나 보면 나이나 직위와 관계없이 여전히 과거의 행동 패턴과 기득권을 버리지 않았음을 느끼곤 한다. 말로는 혁신을 외치지만, 시늉만 할 뿐 도통 낡은 방식을 버리려고 하지 않는다. 새로운 기술과 정보를 도입해 가치를 창출하려는 민간의 노력을 발목 잡지만 않으면 다행일 때도 있다. 공무원들의 마인드가 많이 바뀌었다고 하나 아직 부족하다. 공무원이 바뀌어야 대한민국에 내일이 있다.

밥과 연탄으로 만든 길

날아오르되
흔들리지 않는

연탄값 인상을 막아라!

2018년 12월 31일, 나는 홀로 청와대 앞에 섰다. 연탄 가격 동결을 위한 전국 연탄은행 1인 릴레이 시위의 첫 번째 주자로서다. 산을 타고 내려온 한겨울 칼바람이 부는데 어찌나 춥던지 온몸이 덜덜 떨렸다.

정부가 저탄소 정책을 채택하면서 내놓은 방안 중 하나가 연탄 생산 보조금을 줄이는 것이었다. 생산 보조금을 줄이면 연탄 공장이 연탄값을 올릴 수밖에 없다. 그러니까 연탄값을 올려 다른 난방 수단으로의 교체를 유도한다는 전략이다. '연탄이 비싸면 안 쓰겠지.'라는 생각이라니, 너무나 단순한 발상이다. 연탄을 땔 수밖에 없는 사정을 몰랐대도 문제고, 알았다면 더 큰 문제다. 연탄을 땔 수밖에 없는 사람은 어떻게 겨울을 나라는 말일까? 다시 한번 말하지만, 연탄을 때고 싶어서 때는 사람은 없다!

　연탄쿠폰과 에너지 바우처 카드가 지급되지만, 이걸로 10월부터 이듬해 3월까지 추위를 막아내기에는 한참 부족하다. 사실 어르신들은 이런 것들을 받아도 일일이 챙겨 드리지 않으면 뭐에 쓰는 건지, 어디에 뒀는지도 모르는 경우가 많다. 무엇보다 쿠폰이든 카드든 기본적으로 연탄값이 올라가면 연탄 가구의 시름이 더 깊어질 수밖에 없다. 저탄소 정책, 화석연료 보조금 폐지, 친환경 에너지 전환……, 어르신들은 이런 말들이 뉴스에 나와도 당신들의 생활에 어떤 영향을 미칠지 정확히 알지 못한다. 그저 연탄값이 곧 오른다며 한숨만 쉴 뿐, 나라가 하는 일이니 어쩔 수 없다고 생각하신다. 이것이 바로 우리가 나서는 이유다. 연탄을 땔 수밖에 없는 분들을 위해 우리가 대신해서 목소리를 내기 위해서다.

　1인 릴레이 시위의 주제는 '연탄이 금탄 되고 있어요. 좀 도와주세요!'였다. 나를 시작으로 전국 31개 연탄은행 대표와 연탄 활동가들이 동참해서 한 달 동안 꾸준히 이어졌다. 연탄 봉사가 한창일 시기여서 매일 아침부터 연탄을 배달하다가 내 시간이 되면 청와대 앞으로 달려가서 구호 외치기를 반복했다. 시위가 이어지던 한 달간 전국적으로 '연탄 가격 인상 철회 국민 서명운동'을 벌여 10만여 명의 서명도 받았다.

한 번은 청와대 경비직원들이 나와서 추운데 수고하신다며 따뜻한 차를 내어주었다. 그러면서 하는 말이 여기에서 시위하는 사람 중에 자신이 아니라 타인의 일로 온 사람은 우리가 처음이라고 했다. 연탄을 때는 서민들을 위해 이렇게까지 하다니 참 고맙다고 말하는데, 그 이야기를 듣는 나도 울컥하는 마음이 들었다. 시위가 끝나는 날에는 백사마을 어르신들이 직접 청와대 앞까지 와 주셨다. 어르신들이 가져온 연탄재를 모아놓고 그 앞에서 기자회견을 한 후, 마지막으로 노래 〈사노라면〉을 개사해 만든 〈연탄송〉을 다 같이 함께 부르면서 시위를 마무리했다.

〈연탄송〉

1절
사노라면 언젠가는 밝은 날도 오겠지
흐린 날도 날이 새면 해가 뜨지 않더냐
새파랗게 젊다는 게 한 밑천인데
쩨쩨하게 굴지 말고 가슴을 쫙 펴라
내일은 해가 뜬다 내일은 해가 뜬다

2절
사노라면 생활고로 연탄 찾지 않더냐

추운 날도 연탄 때면 따뜻하지는 않더냐
연탄 가격 너무 올라 떨고 있는데
기습 인상하지 말고 연탄 가격 동결하라
연탄은 생존이다 연탄은 민심이다

우리의 간절함이 전달되었던 걸까. 얼마 후, 산업자원부로부터 연탄 가격을 동결한다는 연락을 받았다. 그렇게 동결된 가격인 850원이 지금까지 이어져 오고 있다. 그때 물러섰다면 연탄값은 계속 인상되어 지금쯤이면 1,500원에 육박했을 것이다. 뭘 시위까지 하면서 유난이냐고 말하는 사람도 있었다. 만약 유난처럼 보였다면 그렇게라도 해야 목소리가 전해지기 때문이라 말하고 싶다. 그렇게라도 했기에 10만 연탄 가구가 지금까지 겨울을 날 수 있었다.

연탄의 기적

코로나 팬데믹은 우리에게 전무후무한 도전이었다. '곧 끝나겠지…….'라는 생각으로 버티다가 어느새 3년이 훌쩍 지났다. 연탄은행은 세 번의 혹독한 겨울을 지나야 했다. 봉사자와 후원이 절반 이상 줄어든 데다, 집합이 금지되면서 밥을 나누고 연탄을 배달하는 일이 원천적으로 불가능해졌다.

밥과 연탄으로 만든 길

코로나19로 모두가 힘든 시간을 보냈지만, 돌봄이 필요한 계층은 더욱 그랬다. 사실 젊은 사람은 집에 있어도 온라인으로 이것저것 할 것이 많다. 하지만 어르신들은 집안에 덩그러니 혼자 앉아서 종일 벽만 쳐다봐야 했다. 안 그래도 홀로 외롭게 생활하는 분이 많은데 꼼짝 없이 집에 갇힌 신세가 된 셈이었다. 어르신들이 차가운 집에서 식사도 제대로 못 하고 계시는 사정을 알고 있으니 손 놓고 있을 수만은 없었다. 어떻게든 밥과 연탄을 전할 방도를 찾아야 했다.

질병 관리청에 문의해 공익 봉사이므로 30명 이하로 방역 지침에 따라 움직인다면 가능하다는 유권해석을 받았다. 품귀 현상이 일어난 마스크와 소독제는 약국은 물론이고 철물점까지 사방을 뒤지고 뒤져 최대한 물량을 확보했다. 마스크와 장갑, 방역복으로 중무장한 봉사자들이 쌀과 연탄, 내복, 생수, 마스크, 소독제 등을 나르기 시작했다. 온몸을 둘둘 싸맨 채, 지게를 지고 달동네의 높고 높은 계단을 오르기가 보통 일이 아니었다. 어르신들께는 절대 나오지 마시라고 신신당부하고 우리가 알아서 연탄을 쌓고 물건만 두고 나왔다. 예전에는 한번 가면 어르신들이 주는 물을 받아 마시면서 잘 계시는지, 편찮은 데는 없는지 여쭈며 이야기를 나누었는데 이제는 얼굴도 못 보고 돌아나오려니 마음이 좋지 않았다. 하지만 혹시라도 우리가 어르신을 감염시킬 수 있으니 안타까워도 뒤도 안 돌아보고 나와야 했다.

무엇보다 큰 문제는 반토막 나 버린 후원이었다. 봉사도 크게 줄었지만, 어차피 많이 모이지도 못하므로 있는 사람들끼리 어찌어찌 해 볼 수는 있었다. 그런데 후원은 정말 안 되어도 너무 안 되었다. 코로나19 탓에 공장도 가동을 멈추고 회사도 줄줄이 도산했으니 사실 그럴 수밖에 없는 상황이기는 했다. 일반적으로 개인 후원은 봉사에서 이어지는 경우가 많다. 후원금이 허투루 쓰이지 않고 올바르게 전달되는 것을 확인하고서 우리에 대한 믿음이 생겨 후원하는 분들이 대부분이다. 그런데 봉사하러 오는 사람이 없으니 후원도 연쇄적으로 함께 줄어들고 말았다.

평소보다 연탄을 적게 받아 덜컥 불안해진 어르신들의 전화가 빗발쳤다. 설마 연탄 없이 겨울을 나게 될까 봐 다들 걱정이 이만저만이 아니었다. 안 되겠다 싶어서 어르신들을 안심시킬 방도로 '연탄은행 쿠폰'을 만들어 나눠 드렸다. 이 쿠폰 하나가 연탄 150장이니까 잘 가지고 계시면 연탄이 모이는 대로 꼭 가져다드린다고 약속했다. 어르신들은 그 쿠폰이 생명줄이라도 되는 듯이 소중히 손에 받아 드셨다. 겨우내 조금씩 모이는 대로 30장, 50장씩 나누어 가져다드렸다. 그렇게 힘겹게, 힘겹게 코로나19 연탄 보릿고개를 넘겼다.

나중에 조사해 보니 코로나 팬데믹 시기에 우리 연탄 가족 10만 가구에서는 확진자가 단 한 명도 나오지 않았다! 기적과 같은 일이었

　　　　　　　밥과 연탄으로 만든 길

다. 봉사도 후원도 거의 없다시피 했지만, 우리끼리라도 돌봄을 멈추지 않은 덕분에 다행히 동사 사고도 없었다. 당시 복지 사각지대에 관한 우려가 쏟아지고 실제 사고도 발생했지만, 우리는 달랐다. 적어도 우리 밥상공동체 연탄은행 안에서는 사각지대라는 것이 존재하지 않았다.

흔들어도 흔들리지 않는다

봉사와 나눔은 의외로 시류의 영향을 많이 받는다. 그래도 코로나 팬데믹은 세계적인 재난으로 어쩔 수 없는 일이니 적어도 서운한 마음은 없었다. 진짜 힘들었던 시기는 2017년 겨울, 촛불 탄핵 정국 때다.

정이 많은 민족이라 그런가, 우리나라 사람들은 어떤 정보든 직간접적으로 접하면 굉장히 빠르고 깊게 감정이 이입되는 것 같다. 촛불 시위가 시작되자 온 나라가 촛불 이야기로만 가득 찼다. 전부 그쪽으로 마음이 쏠려 봉사자나 후원이 현저히 줄었다. 공교롭게도 하필 그때가 연말이어서 타격이 더 컸다. 연말인데도 언론에서는 촛불 이야기를 하느라 어려운 이웃에 관한 이야기는 언급조차 없었다. 등잔 밑이 어둡듯이, 온 국민이 촛불만 바라보느라 추위에 떨고 있는 사람들을 보지 못했다. 마치 존재하지도 않는 것처럼 사람들의 시야와 마음속에서 사라진 것이다.

답답한 마음에 적극적으로 글을 기고하고 인터뷰도 하면서 촛불만이 아니라 '연탄불도 시대정신'이라고 강조했다. '시대정신'이라는 것이 무엇인가? 어떤 시대를 사는 사람들의 보편적인 마음가짐이나 태도다. 저마다 중요하게 생각하는 부분은 다를 수 있지만, '사랑과 나눔, 섬김과 돌봄'이야말로 누구나 받아들이는 시대정신이지 않을까? 가난하고 생활이 어려운 분들은 시국이나 정세, 세태와 관계없이 늘 존재해 왔다. 모두 이 사회의 구성원으로 극단적인 개인주의나 시류에 휩쓸려 무시당해서는 안 될 분들이다. 이들을 돕고 보살피는 일이 우리 사회의 진정한 시대정신, 올곧은 가치로 자리 잡아야 한다. 어떤 상황에서도 반드시 해야 할 일, 소홀해서는 안 되는 일임을 마음 깊이 새겨야 한다.

가진 것 없이 어렵게 사는 분들을 질타의 대상 혹은 구제 대상으로 볼 필요는 없다. 이들도 다른 사람처럼 주어진 환경에서 묵묵히 살아온 사람들이다. 특별히 나쁜 짓을 하지도 않았지만, 그냥 그런 삶에 놓이게 된 것뿐이다. 다만 거울에 비친 자기 모습을 보듯이 그분들을 통해 자신을 바라볼 줄 알아야 한다. 세상에 혼자 이루는 것은 아무것도 없다. 자신의 성취가 오롯이 본인의 힘과 노력 덕분이라고 생각한다면 엄청난 착각이다. 지금 우리가 이룬 모든 것은 의식하지 못하는 사이에 사회 안에서 수많은 지원과 도움을 직간접적으로 받은 덕분이다. 나 역시 어머니의 도움과 헌신으로 지금의 내가 되었고, 우리 밥상공동체 연탄은행 역시 직원들, 봉사자들, 후원자들이 있었기에 지금의 모습이 되었다. 그러니 반드시 겸허한 마음으로, 보답하는 마음으로 살아야 한다. 어려운 분들을 살피고 도움으로써 나를 발견하고, 나를 더 나 되게 만들고, 더 성숙한 삶을 살 수 있다.

원래 삶이란 애환의 연속이다. 삶은 슬픔과 기쁨을 끊임없이 교차하며 우리를 흔든다. 흔든다고 흔들려서야 되겠는가. 지난 수많은 세월 동안 밥상공동체 연탄은행은 세찬 바람 속에서도 굳건히 발을 디디고 버텨 왔다. 흔들수록 주어진 소명을 놓지 않고 더 힘주어 붙잡았다. 적어도 봉사와 나눔, 섬김과 돌봄에 있어서는 절대 흔들리지 않겠다는 마음으로 살았다.

연탄 검댕이 논란: 묻은 거야, 묻힌 거야?

얼마 전, 한 정치인의 연탄 봉사가 큰 이슈가 되었다. 따지고 보면 여느 정치인 연탄 봉사와 다를 바가 없었는데 굳이 말을 만들어 내야 직성이 풀리는 사람들 때문에 생긴 해프닝이다. 연탄은행과 내 이름이 오르락내리락했고, 말을 만든 사람들이 '아니면 말고 식으로' 유야무야 넘어가려는 태도가 마땅찮아 언급하고자 한다.

너무나 당연한 이야기지만, 연탄은 겨울에 때는 것이다. 알다시피 겨울에는 연말, 연초, 그리고 설 명절이 있다. 연말, 연초, 명절이라서 봉사하는 것이 아니라, 연탄 봉사를 하는 시기가 원래 그런 것이다. 설령 특별한 날을 맞이해서 벌인 일이라도 그게 무슨 문제가 되겠는가. 모든 날을 특별하게 보낼 수 없으니 특별한 날에 특별한 일을 하는 것인데, 그걸 가지고 왈가왈부할 일은 아니다. 부모님 생신을 챙기는 사람에게 평소에는 안 하다가 왜 생신을 챙기냐고 나무라는 것과 뭐가 다를까? 아무것도 안 하기보다는 그렇게라도 하는 편이 훨씬 낫다.

어떤 분들은 연탄 봉사를 연말에만 하는 줄 안다. 그 바람에 해가 바뀌어 1월이 되면 봉사와 후원이 뚝 끊긴다. 이때부터 4월 초까지를 '연탄 보릿고개'라고 부르는데, 올해 연초에 이 이야기가 기사화되었다. 얼마 후, 모 정당에서 연탄 후원과 배달 봉사를 하겠다는 연락이 왔다. 지난 연말에 이미 2만 장을 후원했는데 두세 달 사이에 또 한다고 해서 혹시 무슨 착오가 있나 싶었다. 알고 보니 올해는 명절 선물을 하지 않고 그 돈으로 어려운 이웃을 도우려 한다고 했다. 올해 연탄 보릿고개는 또 어떻게 잘 넘어갈지 걱정이던 차에 정말로 반갑고 고마운 소식이었다.

원래 누가 오든 매번 봉사를 시작하기 전에 기증판이나 연탄 천사 위촉장을 전달하는 등의 간단한 행사를 한다. 이때 감사의 말씀도 드리고, 해당 지역이나 날씨와 관련해서 주의 사항도 전달된다. 그러면

밥과 연탄으로 만든 길

서 내가 봉사단의 대표 격인 분의 얼굴에 연탄 검댕을 슬쩍 묻히기도 한다. 워낙 추울 때라 웃음으로 긴장을 풀어보자는 뜻이 있다. 그러면 다른 봉사자들도 장난스럽게 서로의 얼굴에 연탄 검댕을 묻히곤 한다. 어릴 적 친구들끼리 얼굴에 묻은 걸 닦아 준다면서 도리어 묻히는 식의 장난이다. 어차피 묻었으니 얼굴 걱정일랑 말고 더 열심히 하자는 의미도 있다.

인터넷에서 연탄은행을 검색하면 연탄 봉사 사진이 족히 수천 장 나온다. 연탄을 지게에 지고 가는 사진도 있고, 손수레에 담아 여럿이 함께 끄는 사진도 있다. 손으로 들고 이동하는 사진은 찾아보기 어려울 것이다. 손으로 들면 깨뜨릴 수도 있고, 가루가 떨어져 골목이 지저분해지면 민원이 생길 수도 있기 때문이다. 연탄을 손으로 들면 무거워서 가슴에 붙이게 되니까 옷이 더러워진다. 반면에 지게나 손수레로 나르다 보면 옷보다는 얼굴에 연탄재가 묻는다. 땀을 닦거나 머리카락을 정리하면서 나도 모르게 얼굴을 건드리게 되기 때문이다. 지게와 손수레 중 어떤 것을 쓰는가는 그날 봉사하는 지역의 지형으로 결정된다. 지게는 어디든 갈 수 있지만, 같은 달동네라도 계단이 있는 곳은 손수레가 올라갈 수 없다. 손수레는 가파른 언덕길을 오르내려야 하므로 다소 위험하다. 겨울이라 군데군데 언 땅도 있기 때문에 늘 앞에서 끄는 한 명 외에 양쪽에서 6~8명이 함께 잡고 안전하게 이동하게 한다.

그날도 본격적으로 봉사를 시작하기 전, 내가 봉사단을 이끌고 온 위원장의 코에 연탄 검댕을 묻히며 분위기를 돋웠다. 그 모습을 보고 다들 웃으면서 긴장도 풀고 좋은 분위기로 봉사가 시작되었다. 그날 봉사한 백사마을은 계단이 없어서 지게와 손수레를 모두 사용했다. 위원장이 끄는 손수레를 다른 사람 6~8명이 뒤에서 밀고 옆에서 잡아 안전하게 연탄을 배달하고 내려오는데, 그 앞뒤로 취재진이 어마어마 하게 따라붙었다. 모든 취재진이 위원장의 모습을 카메라에 담으려 고 앞뒤, 양옆으로 확 몰리면서 마치 다 같이 손수레에 붙어 끌고 가 는 모양새가 되었다. 취재진이 너무 많아 다소 어수선했지만, 그날 봉 사는 전반적으로 그렇게 잘 마무리되있다.

연탄을 나누는 중에 한 어르신이 밖에까지 나와 계시기에 나와 위 원장이 함께 인사를 드리고 잠깐 말씀을 나누었다. 기왕 온 김에 연탄 불이라도 갈아 드릴까 싶어 내가 보일러 뚜껑을 열었는데 공교롭게 도 아직 완전히 타지 않아 갈기에는 애매했다. 몇 초가량 주저하는데, 위원장이 보더니 괜히 도와드린다고 지금 갈면 어르신의 아까운 연 탄만 낭비하는 셈이니 더 타게 두자고 하기에 그냥 나왔다. 이분이 언 제 연탄불을 본 적이나 있을까 싶었는데 의외의 반응이어서 기억에 남는다. 한창 주목받는 정치인으로서 수많은 카메라 앞에서 직접 연 탄을 가는 모습을 보이고 싶을 법도 한데, 연탄 봉사에 대한 진정성을 가지고 왔구나 싶어 상당히 신선한 인상을 받았다.

밥과 연탄으로 만든 길

별다른 것이 없었던 이 봉사가 며칠에 걸쳐 뉴스 헤드라인에 오르며 갑론을박이 벌어졌다. 이게 무슨 분석 거리나 된다고, 여러 각도에서 찍은 사진들을 보여주면서 신나게 떠들어댔다. 상대 정당에서 일부러 얼굴에 연탄 검댕을 묻혔다느니, 손수레 하나를 몇 명이 끌고 가냐느니 하면서 트집을 잡은 탓이었다. 기가 막히는 것은 그렇게 말거리를 만들어 내는 사람들도 연말에 당 대표와 함께 와서는 똑같은 방식으로 봉사하고 갔다는 사실이다. 그들 역시 얼굴에 연탄 검댕을 묻혀 가면서 여럿이서 함께 줄을 서서 릴레이로 연탄을 나르고 지게도 졌다. 그뿐만인가, 그동안 이쪽저쪽 할 것 없이 대통령 후보, 총리, 장관, 시장, 국회의원들도 내가 슬쩍 농을 던지면서 얼굴에 연탄 검댕을 슬쩍 묻히면 다 같이 신나게 웃고 봉사를 시작했다. 그런데도 연탄 봉사를 그런 유치한 정쟁에 끌어들이다니, 정말이지 실망스럽고 한심할 따름이다.

　어찌나 답답하던지 '연탄 검댕은 내가 묻힌 것이며, 긴장도 풀고 분위기 조성을 위해 의례 하는 장난이다.'라는 내용으로 언론사에 메시지까지 보냈다. 해명할 거리도 안 되는 것을 구구절절 설명하려니 허탈하기만 했다. 그러고 보니 오래전에도 비슷한 일을 해명한 적이 있다. 그때는 법무부 장관이 백사마을에서 연탄 손수레를 끌었는데, 내가 경황이 없어 얼굴에 연탄 검댕을 묻히지 못했다. 그랬더니 이번에는 언론에서 연탄 봉사하러 간 사람의 얼굴이 너무 깨끗하다며 봉사한 시늉만 한 것이 아니냐고 난리였다.

묻었든 묻혔든, 그게 뭐가 중요할까? 누가 하는 봉사든, 목적이 있든 없든, 그 봉사를 하는 마음과 봉사의 의미만 봐 주면 안 되는 것일까? 국민을 위한 정치를 한다면서 고된 삶으로 힘들게 사는 이웃을 생각하며 살피는 '진짜 고위층'은 없고, 그저 상대를 헐뜯고 트집 잡는 일이라면 신성한 봉사마저 물고 늘어지는 '가짜 고위층'이 허다하다. 나는 특정한 정당을 지지하는 사람도 아니고, 뚜렷한 정치적 이념이 있는 사람도 아니다. 그러니 유치한 정쟁을 벌이려거든 다른 데 가서 하면 좋겠다. 순수한 봉사로는 싸우지 말자. 정치를 하려거든 제발 '진짜 고위층'이 되어 주기를 간곡히 바란다.

어디에나 이런 사람도 있고, 저런 사람도 있는 것 같다. 어르신이 찐 고구마와 우유를 권하면 혹여 서운해하실까 봐 주는 대로 다 받아서 꿀떡꿀떡 먹는 사람이 있는가 하면, 뒤로 피하면서 안 먹는다고 딱 잘라 말해 어르신이 내민 손을 부끄럽게 만드는 사람도 있다. 여담으로 덧붙이자면 전자 같은 사람은 그 진정성과 선의가 좀 더 많이 알려져 선한 영향력을 널리 퍼트리면 좋겠는데 그냥 조용히 하고 가겠다고 하고, 후자 같은 사람은 좀 바뀌어야 할 텐데 좀처럼 바뀌지 않으니, 참 아이러니다.

　　　　　　　밥과 연탄으로 만든 길

봉사가 에너지 되는 세상

'사진 찍으려고.', '선거 때문에.', '인지도를 높이려고.', '이미지 세탁 하려고…….' 이름과 얼굴이 조금만 알려진 사람이 와서 봉사하면 이런 이야기들이 따라오곤 한다. 어떤 속내로 하는 이야기인지 아예 모르지는 않지만, '그렇게까지 해야 하나?' 싶은 마음이다. 힘들게 사는 분들을 돕는 봉사를 그 자체로 순수하게 보지 않고, 좁은 마음과 삐딱한 시선으로 바라보는 세태가 걱정스럽다.

나는 대중에게 알려지고 사회적으로 영향력이 있는 사람이 봉사하는 모습을 드러내는 것이 나쁘지 않다고 생각한다. 오히려 단발성이라도 더 많은 사람, 더 다양한 단체가 와서 봉사하는 모습을 노출해 주기를 바란다. 그걸 보고 봉사에 호기심이 생기는 사람, 한 번쯤 봉사 활동에 참여하고 싶은 사람이 한 명이라도 더 생기기 때문이다.

봉사는 의외로 '처음'이 어려운 일이다. 부모나 교사, 친구, 동료 등의 영향을 받기도 하지만, 그런 선한 영향력을 전해 줄 사람이 없다면 대부분 미디어의 영향을 받아 시작한다. 봉사하는 모습이 미디어에 소개되는 사람이 누군가? 대부분 대중에 영향력이 있는 사람들, 유명 정치인, 경제인, 연예인처럼 알려진 사람들이다. 이들이 밥을 나누고 연탄을 나르는 모습을 보이는 자체로 봉사를 홍보하는 효과가 있다.

이런 모습이 꾸준히, 반복적으로 보일수록 더 많은 사람에게 동기 부여가 되어 '첫 번째 봉사'로 이어진다. 그 한 번의 시작이 굉장히 중요하다. 첫 번째가 있어야 두 번째도, 세 번째도 있기 때문이다.

누군들 목적이 없겠는가. 아이는 부모님이 끝나고 사준다는 치킨이, 회사원은 원만한 직장 생활이, 취준생은 봉사 점수가 목적일 수 있다. 선행을 실천했다는 자기 만족감을 기대하고 오는 사람도 있다. 신기한 것은 어떤 마음을 품고 왔든, 일단 와서 봉사하다 보면 원래의 목적보다는 순수하고 선한 마음의 비중이 훨씬 커진다는 사실이다. 마음이 그 순수한 선함으로 가득 찼음을 느끼는 순간, 봉사의 참뜻을 깨닫게 된다. 봉사란 내가 잘 나고 특별해서 남을 돕는 것이 아니라, 내가 먼저 받은 사랑과 돌봄을 되돌리는 일임을 말이다. 이 깨달음은 선한 영향력이 되어 널리 퍼져 나가고, 더 많은 사람을 봉사하는 세상으로 이끈다. 연탄이 추위에 온기를 만드는 에너지인 것처럼, 봉사는 서로 존중하며 돌보는 건강한 사회를 만드는 에너지다.

『해리포터』의 작가 J.K. 롤링은 "모든 사람이 자신의 지성과 특권을 활용해 더 나은 세상을 만들어야 한다."라고 말했다. 맞는 말이다. 더 나은 세상을 만들 수만 있다면 아낄 것이 무엇인가. 모든 이가 각자의 위치와 자리, 영향력을 활용해서 봉사라는 에너지를 더 크고 강하게 만들어야 한다. 봉사하는 사람의 의도를 비판하기보다 실천을 칭찬

밥과 연탄으로 만든 길

하고, 그로부터 좋은 영향을 받아 또 다른 실천으로 이어져야 한다.

　내 욕심으로는 모든 국민이 얼굴에 연탄 검댕을 묻히는 날이 왔으면 한다.

　연탄 봉사가 우리 사회의 축제가 되고, 봉사가 에너지 되어 세상에 넘쳐났으면 좋겠다.

　대한민국이 온통 봉사로 물들었으면 좋겠다.

제4장

만남들:
밥과 연탄을 들고
세계로

밥상공동체 연탄은행을 이루어 온 26년간 수많은 만남이 있었다. 우연한 만남이 필연이 되기도 했고, 생각과 달리 지나가는 인연이었던 적도 있었다. 상처로 남은 만남도 있고, 먼저 찾아와 기쁨을 안겨 준 만남도 있다. 모든 만남은 걷고 있을 때 찾아온다고 한다. 원주천 쌍다리 아래에서 출발한 걸음을 쉬지 않고 걸어서 대한민국을 넘어 세계로 향했다. 바다 너머에도 도움이 필요하고, 도움을 기다리는 사람들이 있었다.

세계로 날아간
신나는 빈민은행

인도 캘거타에 전한 마음

해외 지원은 의외로 밥이나 연탄이 아니라, 신나는 빈민은행이 먼저 시작했다. 솔직하게 말하자면 신나는 빈민은행은 거창하게 확장할 생각이 없었기에 해외 지원은 구상해 본 적도 없다. 하지만 이제 와 생각해 보니 꽤 자연스러운 흐름이었다. 밥과 연탄은 아무래도 환경이나 문화의 영향을 많이 받지만, 생활 터전을 만들어 가난의 근본적인 문제를 해결하려는 마음과 시도는 전 세계 어디에서나 통할 테니 말이다.

신나는 빈민은행이 잘 운영되고 알려지면서 여러 곳에서 문의가 참 많았다. 간혹 해외에서도 연락이 왔는데 하루는 인도 캘거타에 계시는 선교사님의 연락을 받았다. 말씀에 따르면 인도는 저소득층이 너

밥과 연탄으로 만든 길

무 많아서 정부의 정책이 닿지 않는 곳이 많고, 전 세계 여러 단체가 와서 활동 중이나 대부분 단순한 지원에 그친다. 선교사님은 근본적으로 살아갈 수 있는 일터를 만들어서 자립을 위한 발판을 만들어 줘야 할 텐데 그런 부분이 잘되지 않는다며 안타까워했다. 듣다 보니 하시는 말씀이 내가 처음 신나는 빈민은행을 구상한 취지, 운영 방향 등과 정확히 일치했다. 마음이 움직이기 시작했다.

선교사님과 논의한 끝에 가장 어려운 두 가구를 지원 대상으로 선정하고, 자전거 수리점과 카메라 수리점 창업을 지원하는 것으로 의견을 모았다. 인도는 자전거가 주요 교통수단이고, 관광객이 많아서 카메라 사용도 많다. 자전거 수리는 대단한 기술이 필요하지 않고 리스크도 크지 않은 편이다. 카메라 역시 판매점이 아니라 수리점으로 열면 큰 자본이 필요하지 않기 때문에 적합했다. 소규모 창업으로 큰 돈은 아니어도 매일 수입이 생기니 자립하는 데 보탬이 되리라 믿었다. 얼마 후, 신나는 빈민은행의 창업 지원금이 인도로 날아갔다. 우리의 첫 해외 지원이었다. 이렇게 문을 연 자전거 수리점과 카메라 수리점은 아쉽게도 사진으로만 보고 직접 가서 보지는 못했다. 대신 전해지는 소식에 따르면 처음에는 낯선 일이라 좌충우돌했지만, 열심히 운영한 덕분에 1년 정도 지나면서 자리를 잘 잡았다고 한다.

우리가 하는 사업이 전부 그렇지만, 신나는 빈민은행 역시 공적 지원은 일절 없이 모금으로만 운영한다. 내가 좋아서 하지만, 참 어렵고 힘든 일이다. 국내든 해외든 거창하게 할 생각도 없고, 그렇게 하기도 힘들다. 인도 캘거타도 다른 사례를 더 지원하면 어떠냐는 이야기가 나왔지만, 내가 할 수 있는 범위를 넘어선다고 판단해 더는 지원하지 못했다.

우리가 지원한 창업이 이른바 대박을 터트리거나 성공 가도를 달리기를 기대하지는 않는다. 만약 창업이 몇 건이고 수익률은 몇 퍼센트인지를 따진다면 애초에 신나는 빈민은행이 어떤 곳인지를 전혀 이해하지 못한 사람이다. 겨우 두 가구냐고 할 수도 있지만, 중요한 건 그게 아니다. 진짜 중요한 건 평생 가난의 굴레에서 빠져나올 방법을 찾지 못한 그들에게 삶의 출발점, 일어설 수 있는 발판을 만들어 드렸다는 점이다.

삼중고를 이겨 낸 중국 연변 신나는 빈민은행

인도 캘거타 사례가 알음알음 소문이 났는지 해외로부터 종종 문의가 들어왔다. 그중에는 중국 연변도 있었다. 연변은 조선족이 많이 거주하는 지역으로 한국에 일하러 온 사람들이 많아 낯설지 않은 곳이다. 우리와 연이 닿은 곳은 연변 조선족 장애인협회였다. 들어보니 중국에서 조선족은 소수민족으로 은근히 차별받으며 살기가 녹록지 않

밥과 연탄으로 만든 길

다고 한다. 게다가 중국은 장애인 정책과 장애인에 대한 사회적 인식이 다소 부족하다고 한다. 이 때문에 소수민족 차별, 신체장애, 그리고 가난이라는 삼중고를 겪으며 힘들게 사는 분들이 많았다.

운영 방식과 원칙상 크게 도와드리기는 어렵고, 이번에도 우리가 할 수 있는 만큼만 하자는 기준을 세웠다. 우리 쪽에서 1년에 1,000만 원가량을 보내면 연변 조선족 장애인협회에서 한 가구당 창업 지원금 약 100만 원씩을 지급해 새로운 출발을 도왔다. 2019년에는 내가 직접 연변으로 가서 그쪽 관계자를 만나 의견을 주고받았다. 창업 지원금으로 문을 연 열쇠 수리점이 있다기에 방문해서 둘러보기도 했다. 열쇠 수리점 사장님은 매일 아침 출근해서 문을 열 수 있는 영업장이 있다는 사실이 너무나 감격스럽다고 연신 고마움을 표했다. 고심 끝에 지원을 결정했는데 잘 뿌리내리고 있는 모습을 보니 역시 잘했다는 생각이 들었다.

신나는 빈민은행은 모금이 쉽지 않고 운영도 신경 쓸 부분이 꽤 많다. 그래도 국내든 해외든 우리의 지원을 바탕으로 차차 더 나은 삶을 이루어 가는 모습을 보면 참 뿌듯하다. 어쩌면 이 뿌듯함을 위해 26년을 달려온 것이 아닌가 싶다. 중국 연변의 신나는 빈민은행은 4~5년간 이어졌지만, 코로나 팬데믹으로 중단되고 말았다. 우리도 우리지만, 중국이 굉장히 엄격한 봉쇄와 제재를 시행해 지원은커녕 연락도 제대로 하기 어려운 탓이었다.

코로나 팬데믹 이야기를 하니 떠오르는 일이 있다. 기억하겠지만, 한때 마스크 가격이 천정부지로 뛰어올라 1만 원에 육박했다. 그나마도 품귀 현상으로 구하기가 어려웠다. 당시 중국 광저우에 거주하는 우리 교포들이 마스크가 없어서 난리라는 소식을 전해 듣고, 안타까운 마음에 구할 수 있는 만큼 마스크를 보냈다. "타국에서 고생스럽겠지만 같이 힘내요."라는 내용을 담은 편지도 동봉했다. 얼마 후, 광저우 한인협회 회장님이 전화를 걸어왔다. 그는 마스크를 보니 꼭 생명줄이라도 내려온 것 같다며 편지를 읽으며 울컥했다고 말했다. 수량이 넉넉지 않아 마음이 좀 불편했는데, 이 전화 한 통에 싹 풀렸다.

힘들고 어려운 상황에 놓인 분들을 돕는 일은 이런 것이다. 그들이 못 나고 내가 잘 나서 돕는 것이 아니라, 함께 더불어 사는 세상이니까 누구 하나 소외하거나 도태시키지 않고 같이 가기 위해 돕는 것이다. 내가 사는 지역사회, 내 나라, 그리고 나아가 전 세계가 하나의 공동체다. 공동체 안에서는 내가 도움을 주는 사람인 동시에, 도움을 받는 사람임을 깨달아야 한다. 내 힘이 너무 미약하거나 어차피 꾸준히 하기도 어려워서 안 하는 거라면 어불성설이다. 대단하게 할 필요 없이 나의 위치에서 할 수 있는 만큼만 해도 충분하다. 그것이 누군가에는 아주 커다란 힘이 되고 용기를 줄 수 있음을 기억해야 한다.

밥과 연탄으로 만든 길

즈드라스트부이례!
안녕하세요, 연탄은행에서 왔습니다

키르기스스탄에도 연탄은행이?

키르기스스탄과의 인연은 2009년에 처음 시작되었다. 현지에 계신 선교사님이 전화를 걸어와 혹시 사랑의 연탄을 지원해 줄 수 있는지 문의했다. 가장 먼저 머릿속에 떠오른 생각은 '키르기스스탄에서도 연탄을 때나? 땐다고 해도 어떻게 주지?'였다. 선교사님은 키르기스스탄에서는 원래 석탄을 때지만, 현지에 한국인이 운영하는 연탄 공장이 있으니, 이곳을 통해 지원할 수 있다고 했다. 솔직히 당황스러웠다. 안 그래도 벌인 일이 많아서 시간을 쪼개 가며 일하는데 그 와중에 이름마저 낯선 키르기스스탄이라니!

얼마 후, 잠시 귀국한 선교사님을 만나 이야기를 나눴다. 직접 들으니 상황이 더 실감 나게 다가왔다. 키르기스스탄은 1인당 GDP가

2,000달러도 채 되지 않는 빈곤국이다. 겨울이면 기온이 영하 45℃까지 내려가 어른, 아이 할 것 없이 동상에 걸리는 일이 잦다고 한다. 석탄을 때지만 비싸서 가난한 사람은 살 엄두도 못 내고, 대신 소나 양 등 가축의 퇴비, 나무, 폐타이어 등을 땔거리로 사용한다. 그 바람에 겨울만 되면 온 사방이 매연으로 자욱하다. 우리나라는 화석 연료를 퇴출하려는데 그곳에서는 석탄이 도리어 친환경 연료가 되는 셈이니 참 아이러니다.

무엇보다 그 나라에는 일제 강점기에 강제로 이주당한 고려인 어르신들이 있었다. 이분들은 젊은 시절에 말도 안 통하는 척박한 땅으로 내몰려 뿌리를 내리지 못하고 정처 없이 살면서 평생을 고생했다. 나이 든 지금도 토담집에서 추위에 떨며 어렵게 산다고 했다. 나는 키르기스스탄에 갈 때마다 어렵게 생활하는 고려인 어르신들을 꼭 찾아뵙는다. 허리가 굽은 할머니가 쪼글쪼글한 손을 천천히 움직여 석탄을 때면서 희미한 온기로 하루를 근근이 버티는 모습을 보면 안타깝기가 그지없다. 평생 고향을 그리워하며 사셨다는데 정부가 모셔 오지 못하니 우리라도 찾아뵐 수 있을 때까지 열심히 찾아뵈려고 한다.

2011년 10월, 수도 비슈케크 시내에 '키르기스스탄 연탄은행'이 문을 열었다. 입구에는 한국어로 '연탄은행'이라고 쓴 간판이 걸렸다. 얼마 후, 키르기스스탄에서 한국인이 만든 연탄 10만 장을 고려인과 현

밥과 연탄으로 만든 길

지인 가구에 나누었다. 연탄보일러도 함께 지원했다. 대한민국 강원도 원주에서 시작된 연탄은행이 중앙아시아 키르기스스탄에서 연탄을 나누는 일이 실현된 것이다. 연탄은행이 나아가는 길에 또 하나의 새로운 문이 열리는 순간이었다.

키르기스스탄 정부도 크게 반기며 향후에도 우리와 함께 본격적으로 연탄을 지원하기를 희망했다. 하지만 얼마 후, 새로운 정권이 들어서면서 이전 정부와 함께하기로 한 대규모 연탄 지원 사업이 백지화되고 말았다. 안타까움과 아쉬움이 컸지만, 그렇다고 우리까지 중단할 필요는 없었다. 그곳에 경제적 문제로 추위에 떨고 있는 사람들이 있었기 때문이다. 정부와 함께하지 못하면 우리 힘으로라도 해야 했다. 그래, 언제 우리가 나랏돈 받아서 했더냐! 키르기스스탄에서도 정부의 도움 없이 온전히 우리의 힘으로만 해 보기로 했다.

누군가는 해야 할 일

가난한 나라일수록 정부의 역할이 중요하다. 정부와 정치인은 돌다리를 두드리는 심정으로 국민의 어려운 사정을 살피고 문제를 빠르게 파악해서 가장 효과적인 솔루션을 찾아야 한다. 자구책을 찾든 해외 원조를 받든, 어떻게든 가난에서 벗어나는 일을 첫 번째 임무로 삼아야 한다. 하지만 안타깝게도 가난한 나라일수록 정국이 혼란하고 정책에 연속성이 없다. 그렇기에 국제 사회의 힘이 필요하다. 지금은 모든 일을 지구촌이라는 개념 아래에서 이해해야 하는 시대다. 힘든 상황에 놓인 사람들을 돌보는 일도 예외가 될 수 없다. 이것이 키르기스스탄에서 연탄은행이 계속된 까닭이다. 정권은 바뀌었어도 추위에 떠는 사람들은 그대로였기 때문에 연탄이 아니라면 석탄으로라도 온기를 전해야 했다.

'석탄 1톤', 이 말을 들으면 어떤 생각이 드는가? 어쩌면 높이 쌓인 '석탄산'을 떠올렸을지도 모르겠다. 1톤이라고 하면 대단히 많은 것 같지만, 사실 키르기스스탄에서 한 가구가 한 달 정도 사용할 수 있는 양에 불과하다. 2011년에 설립된 키르기스스탄 연탄은행은 지금까지 6,000여 가구에 7,000톤이 넘는 연탄과 석탄을 지원했다.

처음에 현지 주민들은 고마우면서도 신기해하는 눈치였다. 그 비싼 석탄을 머나먼 이국에서 온 사람들이 아무 조건 없이 준다고 했으니 그럴 만도 하다. 이제는 분위기가 완전히 다르다. 석탄이 마을에 오는 날은 흡사 큰 잔칫날을 방불케 한다. 석탄을 가득 실은 대형 덤프트럭이 마을로 들어서면 마을 장로와 주민들이 어른, 아이 할 것 없이 전부 달려 나온다. 양손에 삽과 커다란 마대를 들고, 얼굴은 하얀 이가 드러나게 활짝 웃고 있다. 지난해에는 내가 내려놓은 석탄 위에 올라가 "우리는 대한민국에서 왔고, 여러분을 위해 석탄을 가져왔다. 전부

밥과 연탄으로 만든 길

가져가서 따뜻하게 지내길 바란다."라고 인사했다. 모두 손뼉을 치고 노래를 부르며 화답해 주었다.

주민들이 신이 나서 석탄을 가져가는 모습을 보면 나까지 덩달아 흥이 난다. 손잡이도 없는 마대를 이고 가려면 힘들만도 한데 처음부터 끝까지 누구 하나 웃음을 잃지 않는다. 한 가구당 1톤씩인데 조금 더 가져가려고 욕심부리지 않고 정확히 1톤씩 가져가는 모습이 좋은 의미로 놀라웠다. 살기는 퍽퍽해도 마을 전체가 공동체를 이루어 잘 살고 있구나 싶었다. 좀 큰 아이들은 어른들을 돕고, 아직 어린 꼬맹이들은 괜히 신이 나서 석탄 가루에 옷이 더러워지는 줄도 모르고 뛰어다니며 노는 모습이 참 예뻤다.

어르신들이 어렸을 적에 미군이 주는 사탕과 초콜릿을 먹었다는 이야기를 종종 하신다. 그래서인지 키르기스스탄의 마을에서 아이들을 보고 있으면, '저 아이들도 이날을 기억하겠지.', '대한민국에서 온 사람들이 석탄을 산처럼 부어 놓으면 모두 함께 날랐다고 이야기하겠지…….' 이런 생각이 든다. 주책맞게 벅차올라 뭉클해지기까지 한다. 미군과 연탄은행 사이에 차이점이 있다면 그들은 미국 정부가 보낸 사람들이지만, 우리는 민간단체라는 사실이다. 예전에는 나라가 한 일을 지금은 우리 같은 민간단체가 함으로써 현지 주민들이 더 편안하게 살도록 돕고 대한민국의 국위도 선양했다고 자부한다. 누가 시켜서 한 것도, 하기 싫은데 억지로 한 것도 아니다. 오직 순수한 마음으로 누군가는 해야겠기에 한 일이다. 어쩌면 우리 어르신들이 어릴 적 받은 사탕과 초콜릿에 대한 보답으로 봐도 좋지 않을까.

두 개의 길

지금 키르기스스탄에는 연탄은행이 만든 '두 개의 길'이 있다. 모두 태극기가 휘날리고 연탄은행의 이름이 새겨진 길들이다. 이 두 개의 길은 총사르오이면의 농수로, 샤드칸면의 K.K. 연탄길이다.

2022년 6월, 총사르오이면의 농수로 완공 기념식이 열렸다. 마을로 이동 중에 주민들이 오래전부터 우리가 오기를 학수고대했다는 이야기를 들었다. 인사차 의례 하는 말이겠거니 했는데, 마을에 도착하자마자 기다리고 있던 주민들이 너무나 크게 환대해 주어 깜짝 놀랐다. 물 걱정이 사라진 기쁨이 얼마나 큰지 모른다며 감사하다는 말이 끊이지 않았다. 사람이 사는 데 물이 얼마나 중요한지 알고는 있었지만, 실제로 보니 새삼 실감이 났다. 더 이상 물 걱정을 안 해도 되는 주민들은 얼굴부터 밝아지고 희망에 차 있었다. 이제 물이 있으니 더 잘 살게 되리라는 기대로 가득한 모습이었다. 농수로는 총사르오이면의 '젖줄'이 되어 척박했던 마을을 푸르게, 주민들을 더 행복하게 했다.

밥과 연탄으로 만든 길

현장에 세운 기념비에는 양국 언어로 "이 농수로는 한국의 밥상공동체 복지재단 연탄은행이 총사르오이면의 지역사회 발전에 기여하고자 협력하여 완공되었습니다."라고 쓰였다. 기념비 옆에는 태극기와 키르기스스탄 국기가 세워져 함께 높이 휘날렸다.

2023년 6월에는 두 번째 길의 개통식이 있었다. 이름하여 'K.K. 연탄길', '키르기스스탄(Kyrgyzstan)을 위해 코리아(Korea)에서 온 연탄은행이 만든 길'이다. 사실 도로 정비에 관한 요청은 이전부터 심심찮게 있었다. 그도 그럴 것이 키르기스스탄은 조금만 외곽으로 가도 제대로 된 길이 거의 없고 비포장도로이기 때문이다. 말이 비포장도로지, 사실상 아무것도 없는 허허벌판이라고 보면 된다. 걸으면 먼지가 무릎까지 자욱하게 올라오고, 비가 내리면 진흙탕이 되어 발이 푹푹 빠진다. 도로 정비는 기부와 후원으로만 운영되는 우리에게 쉽지 않은 일이다. 하지만 도로 사정이 열악해 아이들이 학교에 다니기 어렵다니 그냥 넘길 수 없었다.

샤드칸면의 은트막 투이토 마을에는 총 10킬로미터에 달하는 K.K. 연탄길이 있다. 땅을 잘 고르고 다듬은 후에 곱게 자갈을 깔아서 만든 왕래하기 좋은 길이다. 이 길 위로 유모차도 지나가고, 아이들도 안전하게 등하교한다. 길이 생기면서 택시 같은 이동 수단도 집 앞까지 부를 수 있게 되었다. K.K. 연탄길은 책이나 뮤지컬에 등장하는 연탄길이 아니라 사람들과 차가 오가는 '진짜 연탄길'이다. 여기에도 양국 언어로 쓰인 기념비가 있다. 양국의 국기가 새겨진 기념비 위에는 "이 도로는 한국 밥상공동체 연탄은행이 샤드칸면 어린이들과 지역주민들의 이동과 등하교 편의를 위해 협력하여 건설되었습니다."라고 쓰였다.

아이들의 꿈조차 가난할 수는 없다

키르기스스탄 사람들이 우리를 '한국도로공사'쯤으로 아는지 이런저런 요청이 많다. 정부 관계자들도 우리가 가면 장관, 차관까지 전부 나와 환대한다. 말만 하면 도로를 척척 만들어 준다고 오해하면 어쩌나 싶다. 전부 해 줄 수만 있다면야 얼마나 좋겠냐마는 현실적으로 쉽지 않다. 괜히 분위기에 휩쓸려 "오케이!"를 외치기보다는 면밀히 따져서 우리가 가능한 수준까지 하고자 한다.

수도 비슈케크에서 좀 떨어진 시골 마을에 고아와 저소득층 아이들을 돌보는 보육원이 있는데 예산이 없어서 문을 닫게 되었다는 이야기를 들었다. 그동안에도 돈이 없어서 근근이 운영했는데 이제는 정말 어디 부탁할 데도 없고, 재정이 완전히 고갈되었다고 했다. 듣고 있자니 안 되겠기에 사정을 알리고 부랴부랴 기금을 조성해서 운영비를 지원했다. 이름도 없이 운영되던 보육원은 재설립되면서 '해피

　밥과 연탄으로 만든 길

하우스'라는 이름을 얻었다. 아이들은 이 해피하우스에서 다시 안전하게 생활할 수 있게 되었다.

2024년 5월, 키르기스스탄 아이들을 위한 선물을 전달하고 왔다. 선물은 1년 전에 약속했던 통학버스와 전자칠판이다. 1년 전 만난 오르토토코이 마을의 아이들은 매일 비포장도로를 걸어 학교에 다닌다고 했다. 그 거리가 무려 왕복 50킬로미터로 총 5시간에 이르는 대장정이다. 학교에 가 봤더니 꼭 70년대 우리나라의 학교를 재현해 놓은 것 같았다. 칠판 하나도 제대로 달리지 않은 열악한 환경에서 선생님과 아이들 모두 고군분투하고 있었다. 가난하다고 교육과 학습의 기회마저 박탈당해서는 안 될 일이다. 아이들이 미래를 위해 공부하는 데 적어도 등하굣길과 칠판 정도는 제대로 되어야 하지 않은가!

오르토토코이 마을 아이들은 15인승 승합차 3대를 보고서 신기한 듯이 주변을 맴돌았다. 겨울철이면 아직 어두운 새벽에 아이들을 영하 40℃에 달하는 추위 속으로 내보내야 했던 부모님들도 이제야 한시름 놓을 수 있다며 연신 감사 인사를 전했다. 통역 없이 표정만으로도 그들의 안도감과 기쁨을 느낄 수 있었다. 전자칠판을 전달하러 코체르바예프 학교에 들어섰을 때는 아이들이 양국 국기를 흔들며 우리를 반겼다. 그동안 수업에 필요한 자료를 학생들에게 보여 주기가 여의찮던 선생님들은 얼른 사용법을 익혀 익숙해져야겠다며 웃었다.

키르기스스탄에서 들어오는 후원 요청 중에는 특히 아이들의 교육과 안전, 건강, 영양에 관한 일이 많다. 아이들이야말로 희망이고, 아이들에게만큼은 가난의 그림자를 드리우고 싶지 않아서이리라. 아무리 힘들고 어려워도 어떻게든 아이들을 잘 키우고 가르쳐 이 지긋지긋한 가난에서 벗어나게 하고 싶은 마음을 잘 알고 있다. 우리 역시 아이들에 관한 문제, 특히 아이들의 안전과 건강, 학습, 삶의 질과 관련한 일이라면 아무래도 더 눈길이 가고 어떻게든 방법을 찾고자 한다. 가난에 허덕이는 그들에게 희망은 오직 아이들뿐임을 잘 알고 있기 때문이다. 아이들의 미래를 향해 천천히 한 발, 한 발 내딛는 그들을 응원하기 때문이다.

희망을 응원하다

매년 2월이 되면 외교부에서 연탄 봉사를 하러 온다. 주로 세계 각국으로 파견되었다가 잠시 귀국한 대사, 공관장들이 와서 수고해 주신다. 이때 우리가 해외에서 어떤 활동을 하는지 잘 알고 있다며 인사를 건네는 분들이 있다. 설마 했는데 정말 민간단체가 순수하게 모금과 후원을 통해서 해낸 일이 맞느냐며 깜짝 놀라기도 한다. 일부러 알리거나 자랑스레 말한 적 없고 딱히 칭찬이나 주목을 바라지도 않지만, 이런 인사를 받으면 확실히 기분이 좋고 뿌듯하다. 덕분에 5년 전쯤인가는 국위 선양을 인정받아 외교부 장관 표창을 받기도 했다.

밥과 연탄으로 만든 길

사실 우리가 KOICA처럼 글로벌 원조나 해외 봉사에 특화한 곳은 아니다. 그보다는 지금 당장 눈에 보이는 현실에 더 집중하고 있다. 해외 지원도 우리가 발굴한다기보다 그곳에서 활동하시는 분들이 요청하시면 검토하는 식이었다. 공적 지원이 전혀 없이 모금으로만 해외 지원까지 하기가 쉽지 않지만, 할 수 있는 만큼은 최대한, 힘이 닿는 데까지 해 보려 한다.

우리나라에도 어렵고 힘든 사람이 많은데 군이 다른 나라까지 가서 도울 필요가 있느냐는 시선이 있음을 잘 알고 있다. '지구촌'이라는 말이 생긴 지가 이미 수십 년인데 아직도 이런 시선이 존재한다. 이는 다른 나라는 다른 세계라는 구시대적인 전제의 결과다. 이제 다른 나라는 더 이상 다른 세계가 아니며, 다른 나라의 사람 역시 더 이상 나와 무관한 사람이 아니다.

그곳에도 힘들고 어려운 환경에서 태어나 어떠한 기회도 얻지 못하고 평생을 가난에 허덕이며 사는 사람들이 있다. 가까이에 있는 어렵고 힘든 이웃에게 도움의 손길을 내밀 듯, 먼 곳에 있는 그들에게도 손을 뻗을 줄 알아야 한다. 물론 현실적으로 그 모든 이를 구할 수는 없다. 하지만 적어도 내 눈에 보이고, 내 손이 닿는 곳에 그들이 있다면 서슴지 않고 손을 뻗고자 한다.

쉽지 않은 일이지만, 그들의 희망을 도우려 한다.

그들의 희망이 현실이 되어 모두가 더 나은 삶을 살도록 응원하려
한다.

밥과 연탄으로 만든 길

제5장

생각들 Ⅰ:
허기를 채우고
온기를 느끼다

작은 교회의 담임목사에서 밥상공동체 연탄은행을 대표하는 섬김이로 사는 지
금까지, 수많은 시작과 성장, 애환, 만남을 거쳐 왔다. 우리가 하는 일의 규모가 커
지고 이름이 알려지면서 사람 허기복의 생각들도 차곡차곡 쌓이고 확장되었다.
이 장에서는 밥과 연탄, 나누고 섬기는 마음, 그리고 추구해 온 방향에 관한 생각
을 나누고자 한다.

밥은 하늘이고,
연탄은 땅이다

밥은 하늘이다

기본적으로 밥은 생존을 위한 수단이다. 밥을 먹어야 생명이 존재하고, 밥으로 삶을 만들어 간다. 동시에 밥은 밥이지만, 단순히 밥이지만은 않다. 옛사람들은 "먹는 것으로 하늘을 삼는다(食以爲天)."라고 하여 사람에게 먹는 것만큼 중요한 것이 없다고 여겼다. 동학의 2대 교주인 해월 최시형도 "밥 짓고 먹는 일이 가장 으뜸이니, 지성으로 하라."라고 당부했다. 굶주린 민중들에게는 밥이 곧 생명이고 삶이었으니 밥이야말로 사람을 살리는 하늘이었던 것이다. 가장 많이 알려진 것은 시인 김지하의 '밥은 하늘이다'라는 시구다.

보통의 삶을 사는 사람은 머리 위 하늘을 의식하지 못하지만, 하늘을 보지 못하게 강제된 사람은 하늘을 올려다보는 일이 간절하다. 마찬가지로 배고픈 사람에게 밥은 그렇지 않은 사람에게보다 더더욱 높고 큰 하늘이다. 누군가는 대충 때우거나 건너뛰는 밥이지만, 다른 누군가는 밥 때문에 근심이 생겨나고 시름이 깊어진다. 밥은 하늘이다. 끝이 보이지 않는 커다란 하늘을 공유하고 그 아래에서 모두가 함께 살 듯, 밥을 먹는 일은 누구에게나 자연스럽고 당연한 일이어야 한다. 그렇지 않은 사회는 병든 것이나 다름없다.

어려운 분들과 함께하는 삶을 결심했을 때, 나는 자연스레 밥을 떠올렸다. 마치 그렇게 정해지기라도 한 것처럼 조금도 주저하거나 꺼려지는 부분이 없었다. 응당 밥이어야 하고, 밥이 아니라면 무엇이겠냐고 생각했다. 사람이란 아무리 힘들고 길을 헤매어도 결국에는 밥상 앞으로 오게 되어 있기 때문이다. 밥을 먹는 일이 근심이나 시름인 사람이 없는 세상을 꿈꾸었다. 모든 이가 고개를 들면 하늘을 보듯이 밥을 먹게 하고 싶었다. 가난에 허덕이고 삶에 지쳐도 밥상을 받은 그 순간만큼은 안도하기를 바랐다. 사람의 마음을 평화롭게 하는 것 역시 복음이라 여겼기에 정성으로 밥을 지었다.

오스트리아 빈 외곽의 와인마을 그린칭(Grinzing)을 방문했을 때, 유명한 호이리게(Heuriger, 그 해 담근 햇와인만 파는 식당)에서 식사할 기회가 있었다. 역사가 깊고 규모도 무척 큰 식당이라더니, 곳곳에 베토벤, 모차르트부터 아인슈타인, 워렌 버핏, 클린턴 등등 수많은 명사가 방문한 흔적이 즐비했다. 하지만 기대와 달리, 연이어 나오는 음식들이 그리 맛있지 않았다. 그 어마어마하게 크고 화려한 식당에서 연주까지 들으며 식사하는 내내, 한 가지 생각만 났다. '역시 밥은 우리 밥상공동체 밥이 맛있지······.'

자화자찬이 심하다고 할지 모르겠으나, 장담컨대 밥상공동체의 밥은 세상에서 가장 맛있는 밥이다. 호불호라고는 없고, 모두가 맛있게 배불리 먹을 수 있다. 맛있게 드신 어르신들이 "대체 밥에 무슨 약을 탔기에 이렇게 맛있습니까?"라고 물을 정도로 최고의 맛이다. 밥상공동체가 세상에서 가장 맛있는 밥상을 내어놓는 비결은 무얼까? 아마도 마음을 든든하게 채워 주는 힘과 사랑, 위로와 공감을 담았기 때문일 것이다. 모락모락 김이 나는 따끈한 밥상이야말로 곧 하늘이고 생명이라고 굳게 믿으며 짓기 때문일 것이다.

세상에서 가장 맛있는 밥상이 있는 곳, 바로 밥상공동체다.

함께 먹는 밥의 가치

'밥'이라는 글자가 참 재미있다. 밥이 담긴 그릇처럼 생긴 'ㅂ'이 서로 마주 보듯 놓였고, 수저를 집어 든 손처럼 생긴 'ㅏ'로 이루어진 글자라서다. 가만히 보고 있으면 두 사람이 하나의 밥상을 사이에 두고

밥과 연탄으로 만든 길

마주 앉아 밥을 먹는 모습이 떠오른다. 글자에 이미 가족과 공동체의
의미가 담긴 셈이다.

나는 삶에 지친 사람들이 밥 한 상을 둘러앉아 눈을 맞추고 이야기
를 나누면서 진정한 식구가 되는 공동체를 꿈꾸었다. 아이러니하게
도 우리 사회에 공동체 정신의 소멸과 공동체 붕괴가 본격적으로 시
작된 시기에 공동체를 이루는 꿈을 꾼 것이다. 하나의 공동체는 공동
의 의식을 토대로 형성된다. 이 공동의 의식을 담아 '밥훈'을 만들었
다. 집안에 가훈이 있고 학교에 교훈이 있듯이 밥상공동체에는 '밥훈'
이 있다.

〈밥훈〉

우리는 하나님의 특별한 작품

가난하지만 성실하게

된 것보다 될 것을 바라보며

이제 새로 시작하자.

밥훈에는 가장 중요한 동시에 꼭 전하고 싶은 말을 담았다. 돈이 있
든 없든, 잘났든 못났든, 모든 사람은 하나님의 특별한 작품이다. 유
일무이하며 그 자체로 가치가 있다. 그래서 우리가 모두 '명품'은 아닐

지 몰라도 '한정판'인 것만은 분명하다고 하지 않는가. 그러니 가난하더라도 성실하고 올곧게, 자신에게 주어진 가치를 지키며 살아가야 한다. 지금 어떤 모습인지보다, 앞으로 어떤 모습이 될지를 떠올리면 힘이 날 것이다. 우리는 모두 특별한 존재다. 이 특별한 사람들을 이롭게 하는 것이 복음이고, 이것이 곧 밥상공동체의 가치다.

누군가와 함께 밥을 먹는 행위는 단순히 끼니를 때우는 것 이상의 의미가 있다. 같은 동료나 지인이어도 같이 밥을 먹은 사람과 그렇지 않은 사람은 친밀감의 정도가 판이하다. 심리학에서는 이를 '오찬 효과(luncheon effect)'라고 한다. 음식을 나누면서 자연스레 감정도 나누게 되고, 서로 친밀감을 쌓는다는 것이다. 굳이 심리학까지 거론하지 않아도 경험을 통해 이미 알고 있으리라 생각한다.

우리도 그랬다. 처음 숟가락을 들 때는 어색했을지라도 한 번, 두 번……, 함께 식사하는 횟수가 늘어나면서 '같이 밥 먹는 사이'가 되었다. 밥상을 사이에 두고 동등한 위치에서 관계를 맺고 쌓았다. 함께 밥을 먹으면서 감히 꺼내 놓지 못했던 작은 희망을 이야기했다. 단순히 밥만 나누었다면 지금의 모습이 되지 못했을 것이다. '밥상'에 그치지 않고, '공동체'를 이루었기에 26년을 꾸준히 이어 올 수 있었다.

밥상공동체는 한 식구였기 때문에 서로의 사정을 보살피고 응원했

밥과 연탄으로 만든 길

다. 공동체를 이루었더니 네 일과 내 일이 따로 없었다. 어느 한쪽이 다른 한쪽을 일방적으로 도왔다기보다, 각자 할 수 있는 만큼 힘껏 서로를 도왔다. 급식소가 화재로 완전히 전소되자 모든 식구가 진심으로 가슴 아파했고, 힘을 모아 다시 세웠다. 우리 식구들이 지낼 보금자리라고 여겼기에 기꺼이 기부 운동에 동참해서 밥상공동체종합사회복지관이 탄생할 수 있었다.

우리 밥상공동체는 '하늘같이 귀한 분들이 하늘같이 귀한 밥을 드시러 오는 곳'이다. 결국에는 스스로 밥을 짓고 국을 끓이는 평안한 삶으로 돌아갈 힘을 얻는 곳이다. 이 세상에 나를 돌보고 섬겨 주는 사람이 있음을 확인하여 몸과 마음에 힘을 불어넣으시는 곳이다.

우리는 '함께 먹는 밥의 가치'를 가장 여실히 보여 주는 밥상공동체다.

하늘 아래, 연탄 때는 사람들

예전에는 차가운 바람이 불고 아침 공기에 겨울 냄새가 나기 시작하면 서둘러 겨울나기를 준비했다. 그해에 추수한 쌀을 사고, 김장해서 땅에 묻고, 겨우내 땔 연탄까지 넉넉히 들여야 한다. 추운 겨울에 연탄은 생존의 에너지였다. 잘 사는 집은 창고에 연탄을 가득 채웠고, 돈이 없는 집은 필요할 때마다 열 장, 스무 장씩 낱장으로 사다가 땠다. 어느 쪽이든 겨울을 나려면 연탄이 없이는 안 되었다. 세상 만물에 흥망성쇠가 있다더니 연탄도 예외가 아니었다. 없으면 큰일 나는 생필품으로 받았던 귀한 대접이 무색하게 이제는 기후 환경의 변화에 따라 퇴출당할 궁지에 내몰렸다.

사라질 연탄의 뒤에는 아직도 연탄을 때는 사람들이 있다. 정확하게는 연탄을 땔 수밖에 없는 사람들이다. 이들은 오랫동안 가난에 허덕이며 근심 걱정이 많은 삶을 살아왔다. 허리끈을 졸라매지 않으면 살 수가 없어서 평생 한 푼도 허투루 쓰지 못했다. 하루 일하지 않으면 낭상 다음 날 먹을 것을 걱정해야 했다. 게을러서 혹은 의지가 약해서가 아니다. 삶이 비약적으로 나아질 기회나 수단을 얻지 못했고, 도무지 돌파구를 찾지 못했을 뿐이다. 평생 이른 새벽부터 늦은 밤까지 열심히 일했고, 허리조차 제대로 못 펴는 나이가 되어서도 눈이 오나 비가 오나 파지를 수거하러 다닌다. 하찮아 보일지언정 평생 경제활동을 놓은 적이 없는 사람들이다.

연탄 하나만 본다면 보면 퇴출 대상일 수 있다. 하지만 단순히 환경적, 경제적 논리만으로 연탄을 퇴출할 수는 없다. 연탄을 때는 사람들에게 연탄은 땅이고 보금자리이기 때문이다. 그들에게 연탄은 허름하고 낡아빠진 공간을 온기로 감싸 편안한 내 집으로 만들어 주는 감사한 존재다. 연탄 뒤에 놓인 사람들, 그 사회적 가치에 좀 더 초점을

밥과 연탄으로 만든 길

맞추어야 한다. 연탄을 땔 수밖에 없는 이들이 따뜻하게 겨울을 날 수 있게 하는 대책이 먼저다.

밥이 하늘이라면 연탄은 땅이다. 언제나 기댈 수 있는 어머니의 품 속처럼 한없이 따뜻하고 포근한 땅이다. 무섭도록 매서운 추위와 눈물처럼 쏟아지는 비를 피하도록 팔 벌려 안아 주는 땅이다. 고단한 삶에 지치고 얼어붙은 마음을 녹이는 소중한 땅이다.

하늘이 있고 땅이 있어야 사람 또한 있을 수 있고, 비로소 세상이 완성된다.
하늘과 땅이 함께 이루는 공간에서만이 사람은 비로소 안전하고 안락하다.
평생 쉽지 않은 삶을 살아온 이들에게서 하늘과 땅까지 빼앗을 수는 없다.

연탄 치사(致死), 그것은 연탄이 아니다

매년 가을이 시작될 즈음이면 마음이 급해진다. 겨울까지는 아직 시간이 있고, 봉사 신청과 기부, 후원 등이 꾸준히 들어오는 중이여도 마찬가지다. 올해는 충분하다고 생각한 적이 있었던가? 내 머릿속에는 늘 '연탄 부족' 경고등이 빨간 불을 번쩍이고 있다. 나에게 연탄은

늘 부족하고 아쉬운 대상이다. 아직 충분한데도 혹여 연탄이 떨어질까 봐 한숨부터 쉬는 어르신들과 다르지 않다. 어르신들에게는 걱정하지 마시라고 안심시켜 놓고, 돌아서서는 나도 연탄 창고가 텅 빌까 봐 가슴이 두근두근한다.

연탄은 재주가 많다. 기름보일러와 도시가스가 들어오기 전에는 모두 연탄불로 생활했다. 연탄을 때서 방 안을 따뜻하게 하고, 밥과 국을 만들었으며, 물을 데워 세수도 하고 빨래도 했다. 연탄이 주는 온기는 텅 비고 적막한 방마저 풍요롭게 했다. 한때는 모든 이에게, 지금도 없는 사람들에게는 참 쓸모가 많은 고마운 존재다.

언젠가 한참 연탄이 뉴스에 오르락내리락한 적이 있었다. 좋은 이야기면 좋으련만 연탄불을 피워 스스로 생을 마감한 사람들에 관한 뉴스였다. 이런 일에 '유행'이라는 말을 붙여도 될는지 모르겠으나 모방 심리 탓인지 연탄을 이용한 자살이 정말 유행처럼 번졌다. 급기야 여러 뉴스의 헤드라인에 '연탄 자살'이라는 끔찍한 단어가 등장하는 지경에 이르렀다. 생존의 에너지인 연탄이 어쩌다가 극단적인 선택의 도구가 된 건지 참담하기가 그지없었다. 똑같은 연탄일진대 그 쓰임이 너무나 극단적으로 다르지 않은가!

속상하고 안타까운 마음과 동시에 한편으로는 우리의 눈과 손이 가

밥과 연탄으로 만든 길

닿지 않은 곳이 여전히 많다는 생각이 들었다. 생활고, 질병, 외로움 등으로 삶을 비관하고 극단적인 선택을 하기 전, 우리를 만났더라면 어땠을까? 왜 그들에게는 따뜻한 위로와 응원의 말 한마디를 건넬 사람이 없었을까? 우리가 드리는 연탄을 보고 활짝 웃음 짓는 분들만 봐 왔는데, 세상 어딘가에는 완전히 다른 시선으로 연탄을 바라보는 사람도 있었음을 깨달은 것이다.

3.65킬로그램, 신생아의 몸무게와 비슷한 연탄 한 장에는 우리 삶의 여정이 담겼다. 무연탄이 압축되어 검은 연탄으로 재탄생하는 과정은 도전하고 배우면서 속을 더 단단히 채우는 성장기다. 벌겋게 타오르는 연탄불은 마치 청춘의 열정 같다. 마지막으로 하얗게 태워져 길바닥에 뿌려지는 연탄을 보면 인생의 노년기가 떠오른다.

연탄은 절대 홀로 타지 못한다. 아래쪽 연탄이 타올라야 위쪽 연탄도 불이 붙는 구조이므로 적어도 두 장이 꼭 필요하다. 마치 더불어 살아가야 하는 우리의 모습 같다. 어려운 이웃들은 연탄 한 장을 마치 갓난아기의 생명처럼 소중히 생각한다. 제 몸을 모두 태워 하얗게 변해 버린 연탄을 조심히 들어 꺼내고, 새까만 새 연탄을 넣어서 연탄불을 이어 간다. 고단하지만 연탄이 주는 온기에 기대어서 살고자 하는 마음을 가득 담아 연탄불을 가는 것이다. 그렇게 연탄으로 구수한 밥 냄새가 나는 따스한 집안을 만들면서 하루, 또 하루를 살아간다.

연탄은 따뜻함이자 희망이다. 이렇게 값진 연탄이 귀중한 목숨을 끊는 도구로 전락해서는 안 되었다. 안 좋은 뉴스가 계속 이어지자 더는 두고 볼 수 없어 보도자료를 내었다. 연탄으로 생명을 이어 가는 사람들 앞에서 연탄불로 생명을 끊어서는 안 된다고 호소했다. 연탄은 가진 것 없는 사람들이 선택할 수밖에 없는 난방 수단이다. 생을 끝내는 도구로 쓴다면 그것은 더 이상 연탄이 아니다.

서로에게 연탄 같은 존재가 되어 따뜻한 온기를 전하며 살아야 한다. 연탄처럼 뜨겁게 생명을 사랑하며 살아야 한다.

밥과 연탄으로 만든 길

나섬,
나누고 섬기는 마음

복을 나누기를 허락받은 사람

나는 이름에 한자 '허락할 허(許)', '터 기(基)', '복 복(福)'을 쓴다. 풀이하자면 '땅에서 복을 나누기를 허락받은 사람'이라는 뜻이 된다. 우연인지 필연인지 이름에서부터 나누는 사람으로 결정지어졌나 싶다. 옛날 어르신들이 사람은 이름 따라 산다는 이야기를 많이 하셨다. 정말 그런가 보다. 아마 나만큼 이름을 닮은 삶을 만들며 사는 사람도 드물지 않을까!

정말로 이름 덕인지, 나는 돕겠다고 마음먹는 일이 언제나 참 수월했다. 늘 내가 이 일을 해야 하는 이유만 생각하고, 힘들고 어려운 조건은 애써 모른 척하면서 일단 시작부터 했다. 담임목사일 때도 도움이 필요한 곳을 부지런히 찾아다녔다. 매주 기독병원 환자들을 찾아

책을 읽어 주고, 지역 초등학교에서 학생들을 상담했으며, 목사 사례비를 쪼개어 양로원을 후원했다. 힘들 법도 한데 봉사하면 오히려 힘이 나고 동기 부여가 되었다. IMF 사태가 터진 후에는 담임하는 교회에서 반경 4킬로미터 안에 생활고로 먹지 못하는 사람이 있으면 내 책임이라고 생각했다. 누가 시킨 것도 아닌데 혼자 그렇게 결정했다.

초창기에는 담임목사로 교회 일과 밥상공동체 일을 병행하려니 정말 바빴다. 지금 생각해 보면 어떻게 가능했나 싶기도 하다. 내가 밥을 나누는 사람인데 정작 나는 밥도 제대로 못 먹고 돌아다녔다. 매일 밤 녹초가 되어서 쓰러지듯이 잠들고, 다음 날 새벽부터 다시 집을 나섰다. 모금할 때는 하루에 30명을 만나기 전에는 잠을 자지 않겠다고 결심했다. 어느 날인가는 집에 들어갔는데 생각해 보니 28명밖에 만나지 못했음을 깨달았다. 별수 있는가, 다시 옷을 주섬주섬 챙겨 입고서 거리로 나왔다.

24시간이 모자라서 쪼개고 쪼개어 쓰면서도 참 신이 났다. 지금도 그때를 떠올리면 온몸의 근육통과 한껏 신난 기분이 동시에 떠오른다. 다들 혼자서 그 많은 일은 어떻게 하냐고 걱정했지만, 내게는 당연한 일이어서 묵묵히 했다. 아마 못 하게 했으면 더 힘들지 않았을까. 하면 할수록 나를 더 나답게 만드는 일임이 분명했다. 누군가를 돕는다는 것이 원래 그렇다. 타인을 돕고 베푸는 행위를 통해 진정한

　　　　　　　　　　　밥과 연탄으로 만든 길

자신을 찾고, 다른 데서는 절대 맛볼 수 없는 성취감을 느낄 수 있다. 나누는 순간에는 아쉽고 아까울 수 있지만, 나누고 나면 자신이 더 풍요로워지는 신의 은총이다.

우월한 위치에서 상대를 동정하거나 구제하겠다는 마음이 앞선다면 그것으로 끝이다. 이래서는 어떠한 재미나 의미도 얻지 못한 채, 한 번 해 보고 지나는 일이 되고 만다. 나비의 작은 날갯짓이 지구 반대편에서 큰 폭풍을 일으킨다고 한다. 나의 작은 선행이 일으키는 나비 효과를 믿어야 한다. 가진 것을 조금 나누었을 뿐인데 그것이 누군가에게 큰 도움이 되고, 잘못된 길을 가려는 그의 발걸음을 붙잡을 것이다. 나의 작은 나눔이 누군가를 더 선하고 더 밝게 살도록 해서, 그가 또 다른 누군가를 돕게 할 수도 있다. 그렇게 연이어지는 나비 효과로 사회가 더 밝고 건강해질 것이다. 그러니 이웃을 돕는 일은 결국 나 자신을 돕는 일로 귀결된다.

나눔을 습관으로

요즘은 많은 사람이 SNS로 서로 일상을 공유하고 활발하게 소통한다. 좋은 곳에서 맛있는 음식을 먹거나 아름다운 경치가 있는 곳에 방문하면 어김없이 사진을 찍어 SNS에 올리곤 한다. 대부분 콘텐츠는 모두 특별하다. 일상을 공유한다지만, 멋지게 꾸민 모습, 아름다운 배경, 화려하고 멋진 장소들……, 한두 군데는 꼭 특별한 구석이 있다. 우리 연탄 봉사자들도 이 특별한 선행을 사진으로 남겨 SNS에 공유하곤 한다. 그 자체로 홍보 효과가 있으니 연탄은행으로서도 좋다. 다만 내가 진정으로 바라는 것은 나눔과 봉사가 특별하지 않은 세상이다. 누군가를 돕고 나누는 일이 더 이상 특별하지 않을 정도로 일상이어서 SNS에 굳이 공유하거나 내보일 이유가 없는 세상이 되었으면 한다.

세 살 버릇이 여든까지 간다고, 습관은 한 번 들여놓으면 쉽사리 사라지지 않는다. 실제로 봉사나 기부하는 분들을 보면 늘 하는 사람들이 당연하게 하는 분위기가 있다. 연탄 봉사는 처음이어도 대부분 어디선가 봉사한 경험이 있다. 봉사와 기부가 당연한 환경에서 자랐거나 지내면서 응당 해야 하는 일로 여기는 사람이 많다. 이런 분들은 마치 안테나라도 세운 것처럼 도움이 필요한 곳을 적극적으로 찾는다. 나누는 일이 습관으로 굳어서 특별하지 않고 너무나 자연스러운 사람들이다.

아무래도 매체에는 유명인, 부유층, 사회 지도층 같은 사람들의 봉사나 기부 소식이 많이 노출된다. 나눔에 대한 인식을 확대하는 데 효과적이기는 하나 한편으로는 부작용도 있다. '저렇게 여유 있는 사람이나 하지 내가 무슨…….', '너무 적어서 내놓기도 부끄러워…….' 이런 생각으로 나눔은 특별한 사람들이 하는 일이고, 평범한 사람의 나

높은 별다른 의미나 효과가 없으리라 여기는 부작용이다. 또 좋은 일이기는 하나 선행을 과시한다고 오해받을까 봐 걱정하는 사람들도 있는 것 같다.

나는 이런 생각을 좀 바꿔 보고 싶었다. 그래서 모금 운동을 할 때는 사랑의 개미군단, 1만 원, 1만 명 운동, 만원감동 행복공간 운동처럼 '소액 기부'를 전면에 내세워 강조했다. 이보다 더 이전인 초창기에는 소득의 0.5% 기부를 독려하는 캠페인을 벌이기도 했다. 0.5%라면 보통 매달 급여의 끝전인데, 이 정도라면 소시민도 큰 부담 없이 어려운 이웃을 위해 기부할 수 있는 금액이기 때문이다. 그때만 해도 생소한 아이디어였으나 지역의 직장인들 사이에서 꽤 큰 호응을 얻었다. '주머니 비우기 운동'이란 것도 했다. 주로 현금을 많이 가지고 다닐 때라서 옷 주머니에 천 원, 오천 원짜리 지폐 몇 장이나 동전들이 꼭 있었다. 이런 돈을 기부함으로써 나눔을 실천하는 일을 습관으로 갖자는 취지였다. 특별한 사람들만이 아닌 일반 시민들도 노블레스 오블리주에 동참할 수 있음을 알리고자 했다.

요즘에는 소액 기부에 대한 담론이 커지고 인식이 많이 개선된 편이지만, 여전히 작은 도움을 건네는 일이 어색한 사람이 많다. 너무 거창하게 생각하면 습관이 되기 어렵다. 무엇보다 나눔에는 '겨우'라는 말이 어울리지 않는다. 내가 '겨우'라고 생각한 것이 누군가에게는 삶을 이어 가는 버팀목이 될 수도 있다. 누구든 나눌 수 있다. 0.5% 기부나 주머니 비우기 같은 것들은 지금도 누구나 당장 실천할 수 있는 일이다.

나눔은 내가 받은 사랑을 되돌리는 일이다. 지금까지 받은 것들을 되갚는다는 마음가짐으로 살면 그 마음을 건네받은 누군가가 다른 이에게 전할 것이다. 이렇게 해서 나눔과 봉사라는 선순환이 생겨난다. 이 선순환이 자리를 잡은 나라가 강국이고 선진 사회다. 이런 사회에 사는 사람만이 희망과 사랑으로 서로의 밥과 연탄이 되어 살아갈 수 있다. 대한민국이 과학 강국, 문화 강국으로 이름나는 것도 좋지만, '나눔과 봉사가 일상화한 나라'로 이름난다면 더 뿌듯하고 자랑스럽지 않겠는가!

누구를 위하여 나누고 섬기는가?

종종 받는 질문이 있다. 자기 잇속을 차리기는커녕 그렇게 있는 것 없는 것 다 내어주면서 살면 힘들지 않으냐는 거다. 질문과 동시에 이해가 안 된다는 표정도 슬쩍 보인다. 솔직히 말하자면, 아주 힘들었고 여전히 쉽지 않다. 불과 몇 년 전까지만 해도 숨이 턱턱 막힐 정도로 힘들었다. 약속은 해 놨는데 약속을 지키지 않는 사람이 될까 봐 가슴이 쿵쾅거린 적이 한두 번이 아니다. 그런데도 왜 하냐고 묻는다면,

밥과 연탄으로 만든 길

나만이 아는 '황홀경' 때문이다.

어려운 이웃을 돕는 분들을 소개하는 프로그램에서도 비슷한 질문
이 어김없이 등장한다. 그러면 모두 나와 크게 다르지 않은 대답이 나
온다. "힘들지만, 나 아니면 할 사람이 없으니까 해요.", "하고 나면 나
도 기분이 좋아져요. 그래서 하는 거죠."라며 웃으면서 넘기는 식이
다. 맞다. 남들이 알아주고 알아주지 않고는 중요하지 않다. 그런 것
은 부차적인 일부일 뿐이니까. 나누고 섬기는 사람만이 느낄 수 있는
황홀한 지경, 바로 그 벅차고 행복한 순간을 잊지 못해 오직 그것만
바라보며 열정적으로 나아가는 것이다.

나눔과 섬김은 사람의 몸과 마음을 모두 더 강하게 만든다. 언젠가
흥미로운 실험에 관한 글을 읽은 적 있다. 하버드 의대 연구팀이 학
생들을 두 그룹으로 나누고 각각 유급 노동과 자원봉사를 하게 한 후,
학생들의 면역 기능을 조사했다. 그 결과, 자원봉사를 한 그룹의 면역
기능이 크게 강화된 것으로 밝혀졌다. 또 다른 실험에서는 학생들에
게 테레사 수녀에 관한 영상을 보여 준 후, 면역 기능을 조사했다. 그
랬더니 영상을 보기 전보다 면역 항체의 수치가 훨씬 더 높아졌다고
한다. 정리하자면 직접 봉사할 때는 물론이고, 다른 사람이 봉사하는
모습을 보기만 해도 면역력이 상승해 건강해진다는 의미다. 놀랍지
않은가! 이를 '마더 테레사 효과(The Mother Teresa Effect)'라고 한다.

남을 위해 나누고 베푸는 삶을 사는 사람은 그렇지 않은 사람보다 행복감과 삶의 만족도가 높다. 여러 연구와 실험을 통해 이미 증명된 바다. 모든 인간은 자기 자신을 돌볼 뿐 아니라, 인류 전체의 행복에도 이바지할 수 있는 능력을 지니고 이 세상에 태어났다고 한다. 우리는 이 탁월한 능력을 사장하지 않고, 반드시 발휘해야 한다. 가진 것을 기꺼이 나누고 타인을 섬김으로써 나의 쓸모를 더 확대하고, 타인의 행복에 기여하는 나를 얻을 수 있다. 그렇게 자신의 삶을 더 의미 있게 만들어 나가야 한다.

철학자 칼 야스퍼스(Karl Jaspers)는 "인간은 다른 이에게 자신을 내어줌으로써 비로소 인간이 된다."라고 말했다. 사람은 이기적인 존재인 동시에 이타적인 존재다. 어떻게 한결같이 이기적이거나 이타적이기만 하겠는가. 나눔과 섬김 역시 타인을 위한 행동인 동시에 자신의 건강과 행복을 위한 실천이다. 내가 느끼는 감동과 환희, 행복과 만족이 전혀 없다면 아마도 26년을 이어 오지는 못했을 것이다.

나눔과 섬김이야말로 진정으로 나를 위하는 길, 나의 행복을 위한 길이다.

밥과 연탄으로 만든 길

제6장

사람들:
내게 소중하지 않은
사람은 없다

한 사람을 제대로 돌보고 섬기려면 여러 사람의 생각과 힘을 모아야 한다. 지난 26년 동안, 혼자였다면 절대 지금의 나를 이루지 못했을 것이다. 매번 길목마다 내 안의 숨은 빛을 찾아 주고 새로운 길을 안내하는 사람들, 묵묵히 거들면서 가능성을 일깨워 준 사람들이 있었다. 모두 어려운 이웃을 위해 사는 삶이 당연한 사람들이다. 이런 이들이 일러 주는 길을 따라 걸었더니 지금에 이를 수 있었다. 모두가 나보다 더 크고 깊은 사람들이다. 내게 소중하지 않은 이는 단 한 명도 없다.

시작을 응원해 준
사람들

주님의 고난을 손끝에 새긴 여인

　아내와는 중매로 만났다. 방 한 칸에서 어머니를 모시고 사는 가난한 신학도라 결혼은 생각도 못 하던 차에 나간 자리였다. 두세 번 만나면서 서로 호감이 생겼고, 이 사람이라면 내가 가려는 길을 함께 걸어 주리라는 확신이 들었다. 그렇다고 아무 준비도 안 된 상태에서 내 욕심만으로 결혼하자고 할 수는 없으니 솔직히 말했다. "나는 목사가 되어도 일반 교회보다는 어려운 오지(奧地) 목회에 적극적으로 뛰어들고 싶다.", "나를 따라 사모가 되는 일이 쉽지 않을 수 있다.", "게다가 금반지 하나 해 줄 여윳돈도 없는 형편이다……." 나는 고백하듯이 솔직한 말을 쏟아냈고 그 사람은 가만히 앉아 묵묵히 듣기만 했다. 그러더니 간호사 생활을 오래 했으니까 결혼 준비는 자신이 하면 된다고, 다른 건 걱정할 필요 없다고 했다. 그렇게 신혼집이며 세간살이며 오롯이 아내가 준비해서 결혼했다.

결혼하고도 한참이나 아내가 실질적인 가장 역할을 하며 생활을 책임졌다. 나는 아내의 뒷바라지로 대학원을 마쳤고, 결혼 6년 만에 드디어 목사가 되어 서울의 한 교회에서 목회 활동을 시작했다. 이제야 좀 안정적으로 생활하나 보다 했는데, 얼마 못 가 그 '안정감'이 불편해지기 시작했다. 마음에 품고 살았던 꿈, 가장 낮은 곳으로 가서 봉사와 고난 속으로 기꺼이 나를 던지겠다는 마음이 점점 사라지는 것 같아 두려웠다. 기존 교회의 목사 자리에 안주하는 내 모습이 공허해 보이고 싫었다. 결국, 나는 굳이 여건이 좋지 않은 교회를 찾아 원주로 내려왔다. 다들 서울의 좋은 교회에 있으려고 하는 마당에 나는 아무 연고도 없는 원주로 가겠다니 서운할 법도 한데, 아내는 이번에도 내 뜻을 따라 주었다.

원주에서도 아내의 수고는 계속되었다. 요양병원 간호사로 일하는 동시에 교회 사모로서 할 일도 부지런히 했다. 작고 형편이 좋지 않은 교회라 자질구레하게 손이 갈 일이 참 많았다. 밥상공동체를 시작하고부터는 더 힘들어졌다. 밥 준비부터 청소며 갖은 뒤처리까지, 봉사자들이 같이하지만 결국 마무리는 전부 아내 손으로 해야 하는 일이었다. 병원에서 12시간씩 교대 근무를 하고도 퇴근하면 바로 급식소에 와서 식기를 소독하고 쓰레기를 정리했으며, 내가 미처 돌보지 못한 부분을 알뜰히 살폈다.

아내는 늘 괜찮다고 말했지만, 괜찮았을 리 만무하다. 나는 목사 사례비나 가족들이 건넨 생활비조차 어려운 이웃을 돕는 데 보냈다. 생계 때문에 간호사로, 놀이방 교사로, 잠시도 일을 놓을 수 없었던 아내는 아이들을 키우면서 늘 쪼들리는 생활을 해야 했다. 하루는 아내의 손이 언뜻 눈에 들어왔다. 일을 얼마나 많이 했던지 심한 습진으로 상태가 말이 아니었다. 말문이 막혔다. 뭐라고 말해야 할지 몰라 머뭇거리다가 "당신 손을 보니까 '손끝에 주님의 고난을 새긴 여인'이라는 생각이 들었다."라고 했다. 아내는 멋쩍은 듯 그냥 웃기만 했다.

밥상공동체 초창기부터, 아니, 내 인생에 나타난 순간부터 아내가 내어준 헌신과 수고는 이루 말할 수가 없다. 고마운 마음은 당연히 잊은 적은 없지만, 일에만 몰두하던 나로서는 그동안 수고했다, 고맙다 같은 말로 제대로 표현하지 못했다. 나로 인해 고생하는 아내에게 '주님의 고난을 손끝에 새긴 여인'이라고 밖에 위로하지 못하는 사람, 그런 남편이라 항상 미안하고 고맙다는 말을 전하고 싶다.

꽃가마를 태워 준 자매

서울 교회에서는 서른네 살이라는 비교적 이른 나이에 담임목사가

밥과 연탄으로 만든 길

되었다. 이런저런 갈등이 많았던 교회라 교인들을 다독이면서 나아가기가 힘에 부쳤지만, 최선을 다했다. 성전 부지를 마련하기 위해 모금할 때는 아내가 해 온 전세금까지 빼서 바쳤다. 이런 내가 느닷없이 교회를 그만둔다니 교인들이 크게 반대하고 나섰다. 곧 새로운 성전이 완성되면 같이 힘을 모아 교회를 더 성장시켜야 하는데 왜 가냐면서 사표를 받지 않았다. 참 난감했다. 여기는 안정된 교회니까 언제든 좋은 목사님을 모실 수 있지 않냐고 이야기해 봐도 소용없었다. 간다는 사람과 못 간다고 막는 사람들이 한참이나 실랑이를 한 끝에 결국은 퇴직금도 제대로 정리하지 않고 교회를 떠날 채비를 했다.

하루는 교회 청년인 문희 자매가 찾아왔다. 내가 전세금도 없고 퇴직금도 안 받았으니 거의 빈털터리나 다름없는 형편임을 짐작하고는 들어오면서부터 이미 얼굴에 걱정이 가득했다. 가더라도 이렇게 갈 수는 없다며 본인이 타던 차라도 주고 싶다고 했다. 연고도 없는 지역에 작은 교회로 간다면서, 옛날 같으면 말이나 가마를 타고 환대받으며 갈 일인데 기차랑 버스를 타고 가면 쓸쓸해서 안 된다는 것이었다. 깜짝 놀란 내가 그 마음만 받아도 전혀 쓸쓸하지 않다고 손사래를 쳤지만, 아무리 사양해도 아예 결심하고 온 사람을 거절하기는 어려웠다.

문희 자매는 예배를 드릴 때, 항상 피아노 반주를 맡아주었다. 그가 보기에는 내가 그렇게 안타까웠을까. 어쩌면 가진 것을 전부 내려놓고 스스로 고난 속으로 뛰어드는 목사가 다소 무모하고 불안해 보였을지도 모른다. "쓸쓸할까 봐."라고 말했지만, 꿈을 좇는 사람을 응원하는 그만의 방식이었을 수도 있다. 눈물을 흘리며 원주에 가서도 목회 사역을 잘해 달라고 말하던 그의 모습이 잊히지 않는다.

나는 문희 자매가 준 빨간색 프라이드를 타고 강원도 원주 땅을 밟았다. 그 빨간색 프라이드는 꼭 꽃가마 같았다. 옛날에는 장원급제를 한 사람이 꽃가마를 타고 금의환향했다. 경사를 축하하는 통과 의례이기도 하고, 앞날에 좋은 일만 있기를 바라는 뜻이었다고 한다. 꽃가마를 타고 왔기 때문일까, 나는 원주에서 평생 낮은 곳에서 어려운 이웃을 돕고 섬기며 살겠다는 꿈을 시작하고, 또 이루었다.

지난 26년 동안 고마운 분들도 많지만, 항상 응원과 지지를 받지는 않았다. 특히 처음에는 젊은 목사의 당찬 시도로만 보는 사람이 대부분이었다. 그들의 눈에 나는 현실 감각이라고는 전혀 없으며 그저 이상에 도취한 목사일 뿐이었다. 모두가 걱정과 만류만 늘어놓을 때, 조용히 응원하고 지지해 준 사람들이 있다. 아주 작은 응원, 단 한 사람의 지지가 절실했을 때, 내게 힘이 되어 준 사람들이다. 모두를 언급할 수는 없지만, 이들이 있었기에 계속 걸을 수 있었다. 이들이 나를 향해 보냈던 응원과 지지를 후회하지 않도록 늘 치열하게 살며 버텼다.

밥과 연탄으로 만든 길

연탄 천사가 되어 준
사람들

연탄은행의 얼굴, 배우 정애리

정애리 씨는 배우로 유명한 분이지만, 우리 연탄은행에서는 '홍보대사님'으로 더 익숙하게 통한다. 2005년 3월에 연탄은행 홍보대사가 되었으니 벌써 20년 가까이 우리와 함께했다. 보통 홍보대사는 대중적 인지도와 팬덤으로 홍보 효과를 확대하지만, 정애리 홍보대사는 그보다 한 수 위다. 그의 말을 빌리자면 '직접 하면서 보여 주는 것'이 최고다. 나는 하지 않으면서 대중에게 하라고 할 수는 없으니까 그렇단다. 이런 의미에서 그는 최고의 홍보대사다.

나와는 CBS 기독교 방송의 〈새롭게 하소서〉라는 프로그램에서 출연자와 진행자로 처음 만났다. 녹화가 끝난 후에 먼저 다가오더니 "목사님, 이 사역이 참 힘드실 텐데, 혹시 도움이 된다면 제 이름을 가져다 쓰세요." 라고 했다. 이름을 가져다 쓰라니, 그동안 쌓아 온 이미지와 영향력을 아무 대가 없이 우리에게 내놓겠다는 뜻이지 않은가. 그 말씀 하나에서 조금도 재거나 따지는 바 없이 오직 돕겠다는 진심이 느껴졌다.

본인의 이름을 연탄은행에 내어준 후로 정애리 홍보대사는 아마 서울의 달동네란 달동네는 전부 누볐을 것이다. 얼굴에 연탄 검댕을 묻히고 목에 수건을 걸친 그가 손수레를 끌고 가는 모습은 연탄 봉사를 상징하는 대표적인 이미지다. 워낙 봉사가 몸에 밴 분이라 오면은 잠시도 쉬지 않고 늘 먼저 일을 찾아서 한다. 연탄 배달은 물론이고, 추운 날씨에 고생하는 봉사자들을 위해 큰 솥에 어묵탕을 끓이는 모습을 보면 이분이 정말 텔레비전에 나오는 그 멋진 배우가 맞는가 싶다. 봉사뿐 아니라, 한 해도 빠짐없이 꾸준히 연탄을 기부한다. 언젠가 그는 봉사와 나눔, 돌봄, 섬김, 이런 것들을 자기 삶과 떼어 놓고 생각하기 어렵다고 했다. 특별하지 않은, 너무나 당연한 일이라서 현장에 있을 때가 가장 기쁘고 행복하다는 것이다. 연기하는 정애리, 이웃과 함께하는 정애리가 분리되지 않고 하나이기 때문에 자신에게는 이 일이 생명처럼 귀하다는 말에 감동했다.

연탄은행 홍보대사로서 키르기스스탄에도 함께 다녀왔다. 석탄을 나눌 마을까지 가려면 미니버스를 타고 산길을 6시간 가까이 달려야

밥과 연탄으로 만든 길

한다. 마구 흔들리는 불편한 차로 긴 시간을 이동하기가 보통 고역이 아닌데, 그는 자세 하나 흐트러지지 않으며 힘든 내색을 전혀 하지 않았다. 가서도 현지 관계자들과 적극적으로 소통하면서 의견을 주고 받았다. 특히 현지 아이들의 건강이나 교육에도 많은 관심을 보였다. 우리가 학교에 전자칠판 후원을 약속하자, 그 자리에서 선뜻 자신도 전자칠판을 기증하겠다고 약속했다. 기뻐하는 현지 관계자들을 보니 역시 우리 연탄은행 홍보대사님이다 싶었다.

처음 만난 자리에서 이름을 가져다 쓰랬다고 냉큼 빌려와 벌써 20년 가까이 흘렀다. 이름만 아니라 열정과 시간까지 다 아낌없이 내어 주시니 감사할 따름이다. 예나 지금이나 그는 연탄은행 일이라면 열 일을 제쳐 두고 달려온다. 연락드리면 "당연히 가야죠."라는 말이 바로 되돌아오는 분이라 항상 고맙다.

늘 감사하고, 또 감사한 정애리 연탄은행 '홍보대사님'이다.

대한민국 1도 올리기, 가수 션

15년 전쯤 금호동 연탄 봉사에 연예인 몇 분이 함께했다. 그중에 젊은 남자 봉사자가 한 분 있었는데 큰 키에 검은 모자를 푹 눌러쓰고서는 처음 왔는데도 연탄을 열다섯 장씩 지고 날랐다. 재개발 전의 금호동은 산꼭대기까지 집들이 다닥다닥 붙어 흡사 판자촌을 방불케 했다. 그런 곳을 계속 오르내리느라 땀을 뚝뚝 흘리면서도 힘든 내색 하나 안 하기에 눈이 갔다. 나중에 누가 와서 이야기하기를 그가 유명한 가수, 션이라고 했다. 솔직히 나는 이름을 들어도 잘 몰라서 그냥 '그 사람이 가수구나……' 하고 지나갔는데, 그 뒤로도 꾸준히 가족이나 동료와 함께 왔다. 와서도 왔다고 말 한마디 없이 연탄만 날랐다. 우리가 먼저 알아보지 않으면 왔다가 갔는지도 모를 정도로 조용히 봉사하는 모습이 참 신선했다. 그러더니 나중에는 좀 더 본격적으로 인맥을 동원해 사람들을 데리고 왔다.

내 생각에 션은 아마도 우리나라 연탄 봉사자 중에서 한 번에 가장 많은 연탄을 나르는 사람일 것이다. 연탄 열여섯 장이 올라간 지게를 지고, 양손에도 두 장씩 들고서 언덕길을 오른다. 이러면 연탄 무게만 70킬로그램이 넘는다. 웬만한 사람이면 일어서지도 못할 텐데 워낙 힘이 좋고 연탄 봉사가 몸에 배어서인지 산꼭대기 달동네를 골목골목 잘도 다닌다. 그는 처음 만났을 때부터 지금까지 매해 우리와 함께했다. 서울에서 연탄을 때는 마을은 전부 같이 다녔다. 서울뿐이겠는가, 울릉도며 제주도까지 연탄이 필요한 곳이라면 어디든 달려온다.

모든 봉사자에게 감사하지만, 특히 션을 언급하지 않을 수 없는 까닭은 그야말로 믿음을 삶으로 실천하는 사람이라서다. 그는 자신이

밥과 연탄으로 만든 길

받은 사랑을 당연히 여기지 않으며 누군가를 섬기기 위한 선물이자 은혜임을 기억한다. 이런 사람이라 연탄 봉사나 기부가 점점 줄어들자 안타까워하는 데 그치지 않고 적극적으로 도울 방법을 찾았다. 직접 SNS를 통해 '대한민국 1도 올리기' 캠페인을 시작한 것이다. 단순히 함께하자고 홍보만 한 것도 아니다. 혹여 흐지부지 단발성으로 끝날까 봐 허그 캠페인, 나눔 달리기 등 다양한 이벤트로 끊임없이 대중을 향해 봉사와 기부를 독려한다. 사진 한 장도 절대 그냥 찍지 않고 반드시 검지를 펴서 숫자 '1'을 만든다. 대한민국에 사랑의 온도 '1도'를 올리자는 의미다. 이런 꾸준한 노력 덕분에 연예인, 스포츠인 등 다양한 분야의 유명인들이 연탄 봉사에 동참해 주고 있다. 이제는 그들의 팬들까지 찬바람이 불기 시작하면 연탄 봉사하러 가는 일을 당연하게 생각한다고 한다. 이야말로 내가 항상 바라고 원하던 나눔과 봉사의 나비 효과다.

2014년에 시작해 벌써 10년째를 맞은 '대한민국 1도 올리기' 캠페인은 매해 겨우내 계속된다. 캠페인의 일환으로 선이 주도하는 연탄 봉사도 어느덧 174차에 이르렀다. 그를 보면 '어떻게 해야 더 많은 사람을 나눔과 봉사에 동참시킬까?'만 생각하는 것 같다. 자신을 향한 빛은 전혀 바라지 않고, 마치 드러나지 않는 별처럼 움직인다.

현재 선은 우리 연탄은행뿐 아니라, 루게릭병 요양병원 설립, 독립

유공자 후손 주거 환경 개선 등 다양한 활동으로 나눔과 섬김을 실천하고 있다. 그가 하는 모든 일에 축복이 깃들기를 기도한다.

'재석 연탄'의 주인공, 예능인 유재석

연탄은행을 꾸준히 후원하는 개인과 단체들은 우리끼리 따로 이름을 붙여 부르곤 한다. 기업이나 단체명을 붙여 '○ ○ ○ 연탄'으로 부르는 식이다. 그중에는 '재석 연탄'도 있다. 예능인 유재석 씨가 2010년도부터 한 해도 빠짐없이 후원하는 연탄이다.

2010년도에 MBC 예능 프로그램 '무한도전'에서 멤버들이 연탄 봉사하는 모습을 방송하고 싶다고 연락이 왔다. 당시에 워낙 시청률이 높은 프로그램이라 흔쾌히 협조했다. 연탄을 때는 어르신들의 사정도 알리고 연탄 봉사도 소개할 수 있으니, 우리로서도 무척 좋은 일이었다. 백사마을을 찾은 출연진과 제작진은 동네 모습을 보고 꽤 놀라는 눈치였다. 그렇다고 또 너무 놀란 티를 내면 실례가 될까 봐, 서울에 이런 곳이 있는 줄은 전혀 몰랐다고 조심스럽게 이야기하던 기억이 난다. 예능 프로그램이니까 유머러스하게 풀어가기도 했지만, 추운 날 연탄을 갈아가며 힘들게 사는 어르신들을 뵙고 다들 안타까운 표정을 감추지 못했다.

밥과 연탄으로 만든 길

얼마 후, 유재석 씨로부터 연탄을 기부하고 싶다는 연락이 왔다. 그때 그렇게 방송으로 시작된 인연이 지금까지 계속되고 있다. 재석 연탄은 보통 한겨울에 한 번, 연탄 보릿고개인 봄에 한 번 후원된다. 한 해에 거의 1,000가구 이상을 지원할 수 있는 상당한 양이다. 우리가 그를 수많은 유대인을 구해 낸 쉰들러의 이름을 따서 '유들러'라고 부르는 까닭이다. 그의 부친께서도 바쁜 아들을 대신해 연탄 창고의 사정을 살펴주신다. 연탄 창고가 비어 갈 때쯤이면 잊지 않고 챙겨 주시니 감사하기만 하다.

물론 기부나 후원하는 양이 크게 중요하지는 않다. 도와주시는 모든 분의 마음이 감사하고 소중하다. 다만 연탄은행을 섬기는 입장에서는 연탄 창고가 비어 가면 덜컥 겁이 난다. 이럴 때, 가장 먼저 떠오르는 분들이 있다. 가수 션도 그렇지만, 유재석 씨도 연탄 창고가 빌 때마다 생각나고, 그때마다 어김없이 창고를 채워 주는 후원자다.

사랑의 연탄 천사들을 소개합니다

작년 초, 한 후원자에 관한 보도자료를 배포했다. 매년 12월 말이면 어김없이 후원하는 분으로 10년 가까이 벌써 12만 장이 넘는 연탄을 기부했다. 유명인들은 아무리 조용히 하려고 해도 어떻게든 차차 알려지는데 그는 전혀 알려지지 않았다. 워낙 남몰래, 심지어 우리와도

통화 한 번 하지 않고 후원금만 보내기 때문이다. 그동안 우리끼리만
'12월의 조용한 천사'라고 부르다가 그 마음이 너무 귀하고 고마워서
부러 세상에 알렸다. 이 조용한 사랑의 연탄 천사는 바로 K-리그 강원
FC 소속의 한국영 선수다. 보도가 나간 후, 정말 구단이나 동료도 전
혀 몰랐는지 깜짝 놀랐다는 반응과 함께 '그라운드 위의 신사'라는 칭
찬이 쏟아졌다.

일일이 밝힐 수는 없지만, 연탄은행에서 꾸준히 봉사하고 정기적인
기부와 후원을 잊지 않는 유명인이 많다. 예능인 송은이 씨도 그중 한
분이다. 그는 나더러 연탄 봉사를 가장 열심히 하는 유명인을 꼽으라
면 다섯 손가락 안에 드는 사람이다. 정기적인 후원은 물론이고, 연탄
봉사도 꾸준히 해 왔다. 보통 10월경에 남들보다 먼저 한 차례하고,
가장 추운 12월~1월에 다시 두세 차례 정도 더 온다. 한 해에 서너 차
례는 꼭 잊지 않고 와 주니 그 꾸준함과 성실함이 참 고맙다.

송은이 씨는 만나면 기분이 아주 좋아지는 사람이다. 행여 실수로
연탄을 깨뜨리기라도 할까 봐 아주 조심스럽게 다루는 모습에서 진
정성이 느껴진다. 함께 오는 직원과 동료들, 팬카페 회원들도 누구 하
나 설렁설렁하는 사람이 없다. 또 송은이 씨는 아주 시원시원하고 유
쾌해서 좋다. 자그마한 몸집에 연탄 지게를 매고 씩씩하게 걸으면서
어르신들을 뵈면 또랑또랑한 목소리로 크게 인사하고 안부를 묻는

밥과 연탄으로 만든 길

다. 우리 어르신들도 직접 보니까 웃는 얼굴이 참 예쁘다면서 저절로 팬이 되겠다고 하신다.

배우 차인표 씨도 연탄 봉사를 오래 했다. 그는 선 못지않게 무거운 연탄 지게를 지는 사람으로 백사마을, 구룡마을 등 여기저기 참 많이도 다녔다. 한 번은 그가 연탄 봉사를 마치고 함께 봉사한 연예인 30여 명과 우리 직원들까지 모두 점심 식사를 대접하겠다고 했다. 아무리 사양해도 그냥 간단한 점심 한 끼일 뿐이라고 해서 따라나섰는데, 너무나 좋은 대접을 받았다. 이전부터 직원들이 어르신과 봉사자들을 챙기는 모습을 보면서 꼭 한 번 자리를 마련하고 싶었다고 했다. 우리가 봉사자들에게 간단한 먹거리를 제공하기는 해도, 거꾸로인 경우는 거의 없다. "수고하셨습니다."는 우리가 하는 말인 줄로만 알았는데, 우리의 수고까지 챙겨주니 고마웠던 마음이 잊히지 않는다.

차인표 씨는 2015년에 서울연탄은행에 1억 원을 쾌척했다. 이 후원으로 서울 연탄가구의 절반에 해당하는 총 830여 가구에 연탄이 공급되었다. 코로나 팬데믹으로 후원과 봉사가 뚝 끊겨 큰 어려움을 겪던 시기에도 소식을 듣고서 서울연탄은행에 5,000만 원을 기부했다. 마치 긴 가뭄에 단비가 내려 숨통이 트이는 것만 같은 소식이었다.

이런 후원은 가진 돈이 많건 적건 상관없이 개인이 하기에 절대 쉬운 일이 아니다. 어려운 이웃을 위해 자신이 번 돈을 선뜻 내놓을 수 있는 큰마음은 아무나 가질 수 없다. 독실한 기독교인인 그는 이름이 알려진 연예인이자 신앙인으로서 사회에 본이 되는 삶을 산다. 차인표 씨는 방송에서 보이는 화려함보다는 연탄 지게를 진 소탈한 모습, 모두를 깊이 배려하는 마음 씀씀이, 어려운 이웃에게 도움이 되려는 자세……, 이런 것들이 본모습에 훨씬 가까운 사람이다.

스타들의 선한 영향력

마냥 화려하기만 할 것 같은 연예인, 스포츠 스타 등 유명인 중에는 남몰래 조용히 나눔과 섬김을 실천하는 분이 적지 않다. 몇몇 연예인을 주축으로 매해 함께 봉사하러 오는 모임도 여럿 된다. 대부분 모자를 푹 눌러쓰고 꾸미지 않은 모습으로 묵묵히 연탄을 나른다. 어떤 날은 왔는지도 몰랐다가 다 끝난 후에 직원들이 아까 그 사람이 누구였다고 말해 주면 그제야 알기도 한다.

아무래도 대중은 작품이나 언론에 비친 모습으로 연예인 등 유명인들을 평가하곤 한다. 확인되지도 않았는데 이러쿵저러쿵 섣불리 판단하기도 한다. 하지만 사람이란 단순한 존재가 아니며 수많은 생각과 다양한 면면으로 이루어진 복잡한 존재다. 겉으로 보이는 모습은 일부분에 불과하다. 연탄 봉사를 하러 오는 유명인들과 이야기를 나

밥과 연탄으로 만든 길

뒤 보면 보이는 모습만으로 누군가를 평가하고 판단하는 것이 얼마나 편협한 태도인지를 깨닫는다.

솔직히 나도 잘 모를 때는 연예인들은 매일 출근하는 직업이 아니라서 아무래도 시간적 여유가 있나 보다고 생각했다. 그런데 알고 봤더니 사실은 없는 시간을 쪼개고 쪼개어 오는 것이었다. 대부분 일정이 불규칙하고, 대중에게 보이지 않을 때도 여러 가지로 하는 일이 많았다. 빽빽한 일정 사이에 딱 하루 비는 날에 봉사하러 오기도 하고, 밤샘 촬영이나 콘서트 연습을 마치고 바로 오기도 한다. 우리와 오랫동안 꾸준히 인연을 이어온 분들을 보면 '받은 사랑을 되돌리려는' 마음이 큰 것 같다. 대중으로부터 과분한 사랑을 받고 있으니, 연탄 봉사와 후원을 통해 조금이나마 나누어야 도리라고 생각한다. 본인이 받는 사랑을 늘 감사히 여기는 겸손한 마음이다. 사회의 아픔에 공감하고, 어려운 이웃을 도우려는 마음이 크고 단단한 사람들이다.

처음에는 동료를 따라 우연히 왔다가 나중에는 직접 '봉사 전도사'가 되기도 한다. 자기를 따라 봉사하는 팬들을 보면서 자신이 지닌 '선한 영향력'을 실감하고 더 효과적으로 쓰고자 노력한다. 그래서 우리 연탄은행 봉사자나 후원자 중에는 "내가 좋아하는 ○○○ 덕분에 알게 되어서 한다."라고 말하는 분이 꽤 많다. 처음에는 좋아하는 스타를 따라왔던 팬들도 나중에는 자기들끼리만 와서 봉사한다. 이야말로 선한 영향력의 힘이다.

  알려지기를 극구 사양하는 분도 있지만, 나로서는 이런 선한 영향
력이 더 많이 퍼져 나가기를 바란다.
  사랑의 연탄 천사들이 존재하는 한 대한민국에 희망은 있다.

낮은 곳을 올려다보는
사람들

금탄으로 맺은 인연, 김용균 홍보대사

우리나라에서 가장 보수적인 집단을 꼽으라면 단연 법조계일 것이다. 기부나 후원은 할지 몰라도, 현장에 나와 팔을 걷어붙이고 봉사하는 법조인의 모습은 쉽게 떠오르지 않는다. 알다시피 법조인이 하는 일은 누군가의 삶을 송두리째 바꿔 놓을 정도로 파급력이 크다. 그렇기에 서민과 취약계층의 삶을 살피고 이해할 필요가 있는데, 그러려면 봉사만 한 것이 없다.

2008년 겨울, 서울북부지방법원의 판사와 직원들이 백사마을에 왔다. 김용균 법원장이 연탄 봉사를 적극적으로 추진했다고 들었다. 법조인이야말로 사회공헌 활동에 더 많이 참여해서 어려운 이웃을 살펴야 한다는 취지였다. 김용균 법원장과의 인연은 이렇게 시작되었다.

짧게 이야기를 나누었지만, 법원장이라는 직함이 주는 근엄한 이미지보다 겸손하고 소탈한 분이라는 인상을 받았다. 그날 연탄 배달을 받은 어르신들은 "살면서 법관들이 배달하는 연탄을 다 받아 본다."라면서 무척 좋아하셨다. 며칠 후, 김용균 법원장으로부터 메일을 받았다. '빚진 심장'이라는 말로 소감을 전하며 사법부가 받는 과분한 신뢰와 존경을 갚을 방법을 고민했는데 연탄 봉사를 통해 조금이나마 의미 있는 일을 하게 되어 기쁘다고 했다. 내부적으로도 반응이 좋아서 앞으로 꾸준히 해 보려 한다는 말도 덧붙였다. 이후 연탄 봉사는 서울 북부지방법원의 공익 활동으로 정례화되었다.

김용균 법원장은 어렵게 사는 분들의 사정을 제대로 알아야 사회 정의를 실현할 수 있음을 강조하며 법조계의 봉사 참여를 꾸준히 독려해 왔다. 그가 법조계에 불러일으킨 사회공헌 바람은 점차 확대되어 남부지방법원, 서부지방법원, 서울고등법원, 헌법재판소까지 퍼져 나갔다. 지금도 각 법원에서 법원장과 판사, 직원들이 매년 겨울에 와서 연탄 봉사를 한다. 김용균 법원장은 공직에서 물러나 법무법인으로 자리를 옮긴 후에도 꾸준히 연탄은행과의 인연을 이어 갔다. 개인 후원은 물론이고, 동료와 후배들을 데리고 와서 함께 봉사한다.

2010년, 나는 그에게 법조계의 사회봉사와 나눔 문화를 위하여 연탄은행 홍보대사로 봉사해 주기를 부탁했다. 그는 홍보대사는 젊고

밥과 연탄으로 만든 길

유명한 사람이 해야지 무슨 소리냐며 손사래를 쳤지만, 내가 거의 매달리다시피 해서 허락을 받았다. 사실 그동안 법조계에서는 이미 연탄은행 홍보대사나 진배없었기에 아주 당연한 흐름이었다. 이후 8년 동안, 김용균 홍보대사는 특유의 겸손과 공감 능력, 배려를 바탕으로 홍보대사로서 해야 할 역할을 충분히 해 주었다.

김용균 홍보대사는 개인적으로도 평생 잊지 못할 고마운 분이다. 나는 한때 터무니없는 오해로 송사에 휘말려 법원의 판결을 기다리는 어려운 처지에 내몰린 적이 있었다. 결국에는 진실이 밝혀지리라 믿었지만, 너무 억울하고 이해되지 않아서 그런 상황 자체만으로 스트레스가 극심했다. 어떻게 알았는지 그가 메일을 보내와 공정한 판결로 진실이 밝혀질 테니 너무 걱정하지 말라며 위로했다. 겉으로는 담담한 척해도 심한 압박감에 시달리며 힘들게 견디는 내 심정을 다 아는 듯했다. 이후 공직에서 물러난 후에는 변호사로서 직접 무료 변론까지 해 주었다. 그 덕분에 대법원까지 가는 공방 끝에 검사의 상고가 기각되어 법적인 문제가 해결되었다. 부인인 한수경 작가도 우리와 특별한 인연이 있다. 매년 전시회를 열며 활발히 작품 활동을 하는 그는 백사마을에서 연탄 봉사를 하며 영감을 받아 그린 소중한 작품을 연탄은행에 기증했다. 지금 이 작품은 원주 밥상공동체종합사회복지관의 현관 로비에 전시되어 많은 연탄 가족과 봉사자의 사랑을 받고 있다.

김용균 홍보대사는 '천 년의 추위에도 향기를 팔지 않는 매화' 같은 사람이다. 역량과 인품이 충분함에도 큰 명예나 관직에는 욕심이 없다. 그런 것보다는 평온하고 순수한 태도로 삶을 더 숭고하게 만드는 데 열중한다. 약자를 향해 더없이 따뜻한 시선을 건네고, 인연의 소중함을 안다. 만날 때마다 '진정한 노블레스 오블리주란 바로 이런 것이구나.'라고 생각하게 된다. 숨 가쁘게 돌아가는 삶을 살면서도 이런 분을 만나 인연을 이어 가다니 너무나도 감사하고 소중한 축복이다.

조용히, 그러나 크게 나누는 사람들

늘 말도 없이 곳간을 채워 주고, 아무도 모르게 숨은 듯이 왔다 가는 사람들이 있다. 선행을 굳이 기사화하거나 홍보용으로 쓰지 않고 아주 조용히 실천한다. 솔직히 개인적인 욕심으로는 선한 영향력의 힘을 보여도 좋지 않으냐는 생각이지만 한사코 마다한다. 아무리 좋은 일이어도 드러내면 안 좋게 보일 수 있고 자칫 의도가 곡해되어 괜한 구설에 오를까 봐, 더 조용하고 조심스럽게 하는 것이다.

지난겨울에는 한국은행에서 연탄 기부와 봉사를 하고 싶다는 의사를 전해왔다. 여러 시중 은행은 매해 왔어도 한국은행은 처음이었다. 며칠 후, 서울 홍제동 개미마을에서 한국은행 임직원들의 연탄 봉사가 시작되었다. 조용히 하고 가겠다고 했지만, 정말 보도자료 하나 내

밥과 연탄으로 만든 길

지 않고 올 줄이야! 모두 처음부터 끝까지 요란한 모습 없이 달동네의 높은 언덕을 오르내리며 묵묵히 연탄만 날랐다. 이창용 한국은행 총재도 연탄을 10장씩 지고 산꼭대기 집까지 부지런히 오르내렸다. 봉사가 끝나갈 무렵, 그가 코로나19 감염으로 입원까지 했고 심한 후유증을 겪었음을 알았다. 그런데도 연탄 2,000장을 전부 배달할 때까지 계속 함께해 한국은행 직원들도 우리도 모두 놀랐다. 이야기를 들어보니 처음에는 탄소 중립 이슈로 한국은행이 연탄 봉사를 하는 것에 대해 고민이 좀 있었던 것 같았다. 그런데 직접 현장에 와보니 어려운 가정에 연탄이 얼마나 절실한지 새삼 깨닫게 되었다며 오기를 잘했다고 했다.

2년 전에는 대검찰청에서도 첫 번째 연탄 봉사를 하러 왔다. 설마 했는데 이원석 검찰총장까지 같이 와서 서울 남태령 전원 마을에서 직접 연탄을 배달했다. 대한민국 대검찰청 역사 이래 처음이었다. 이날 이원석 검찰총장은 연탄을 때는 어르신들을 만나 일일이 손을 잡고 안부를 물었다. 어르신들께 다음 겨울에 또 오겠다고 약속하더니 1년 후에 정말 다시 왔다. 사랑의 연탄 1만 장도 후원했다. 이 소식이 검찰 내부에 소소히 알려지면서 각 지방 검찰청과 지청도 자발적으로 연탄 봉사를 시작했다. 검찰청의 노블레스 오블리주 사랑의 릴레이가 이어진 것이다.

기업들도 사회공헌 활동에 적극적이다. 현대백화점은 지난 10년 간 정지선 회장과 임직원들이 백사마을에 와서 '연탄 나눔 봉사 시무 식'을 했다. 기업으로서는 시무식이 상당히 중요하고 상징적인 일인 데, 이를 연탄 봉사와 함께한다는 생각이 놀라웠다. 사회 환원을 기업 의 주요 가치로 삼겠다는 의지가 뚜렷하기에 가능했던 일이라 생각 한다. 15년째 후원과 봉사에 앞장서 온 광동제약은 임직원들이 매월 급여에서 자발적으로 기부하고, 회사 차원에서 또 연탄은행에 후원한 다. 15년간 한 번도 거른 적 없고 한결같다. 밥상공동체 창립행사나 어버이날 등 중요한 행사가 있을 때도 아낌없이 후원하며 사회공헌 사업에 앞장서고 있다.

알려졌든 아니든 누군가의 나눔과 봉사는 칭찬받아 마땅한 일이다. 보여 주기식이라느니 전시 행정이라느니 비판하고, 어쩌다 한 번 했 으면서 생색이 심하다고 비꼬는 사람들도 있는데 잘못된 시각이다. 있는 그대로 보면 된다. 비판할 점은 비판하되, 칭찬할 만한 행동은 칭찬해야 옳다.

낮은 곳을 올려다보며 자신이 가진 것을 조용히 나누는 사람들이 있다. 알려지기를 한사코 거절하기에 일일이 밝힐 수는 없지만, 감사 하고 또 감사한 마음을 전하고 싶다.

밥과 연탄으로 만든 길

내 인생의
여보(如寶)

하~품, 춘천연탄은행 정해창 대표

2004년 어느 날, 목사님 한 분을 만났다. 그는 주변에 어렵게 사는 분들이 너무 많다며 춘천에 연탄은행을 열어 운영하고 싶다고 했다. 솔직히 걱정되었다. 매체에 소개된 모습만 보고 너무 단순하게 생각하는 것이 아닌가 싶었다. 노파심에 시무하면서 연탄 나눔과 봉사까지 하려면 보통 일이 아니라고, 손톱에 낀 연탄 가루를 제대로 씻지도 못해서 주일에 시커먼 손으로 설교할 수도 있다고, 경고 아닌 경고도 했다. 그래도 하겠다고 해서 한번 믿어 보자는 마음으로 춘천연탄은행의 오픈 준비를 시작했다. 준비라 봤자 연탄과 연탄을 쌓을 공간만 있으면 되므로 결심만 서면 일사천리다. 그해 10월, 우리 연탄은행이 연탄 3만 장을 기부하면서 춘천연탄은행이 문을 열었다.

어느새 설립 20주년을 맞은 춘천연탄은행의 대표는 정해창 목사다. 나는 그에게 '하품'이라는 별명을 지어줬다. 농담으로는 하품을 시원하게 잘해서고, 진담으로는 '하나님의 성품을 닮은 사람'이라서다. 그는 이전 교회에서 받은 퇴직금을 지금 교회에 모두 헌금할 정도로 욕심이 없고 인품이 뛰어나다. 연탄은행을 열기 전부터도 어렵게 사는 분들을 보면 그냥 지나치지 못하고 도왔다고 한다. 그렇게 좋은 사람이라 늘 고생이 많다. 잠깐이나마 이분이 교회 일과 연탄은행 운영을 잘 병행할 수 있을지 걱정했던 마음이 미안할 정도다.

이름만 춘천연탄은행이지 실제로는 춘천을 넘어 밀리 화천까지 연탄을 나눈다. 정해창 목사는 매일 새벽 기도를 마치면 바로 나가서 연탄 봉사를 준비한다. 몸살이 온 줄도 모르고, 알아도 모른 척하면서 종일 뛰어다닌다. 그렇게 다니니까 눈에 어렵게 사는 분들만 보일 수밖에 없다. 이것도 하고 싶고, 저것도 해야 할 것 같고 해서 일을 자꾸 키웠다.

처음에는 연탄은행을 하고 싶다고 오더니, 어느 날 와서는 밥상공동체도 하고 싶다고 했다. 웃음이 났다. 그의 성품으로 보아 안 하고는 못 배기리라 예상했기 때문이다. 원래 우리가 하는 일이 그렇다. 밥을 나누다 보면 연탄을 나누고 싶고, 연탄을 나누다 보면 밥도 나눠야 한다. 그도 연탄을 때는 사람들이 대부분 밥도 제대로 못 먹고 하

밥과 연탄으로 만든 길

루 먹을 돈을 벌러 나가더라면서, 밥상공동체를 운영해 한 끼라도 제대로 대접하고 싶다고 했다. 역시 밥과 연탄은 떼려야 뗄 수 없는 관계가 맞다.

나도 일 벌이기로는 둘째가라면 서러운 사람이지만, 정해창 목사도 못지않다. 생계가 위태로운 분들을 대상으로 자활사업을 시작하고, 어른들이 돈 벌러 간 사이에 아이들을 봐 준다며 공부방을 열었다. 지금은 마을관리소까지 운영하면서 지역사회를 살뜰히 돌보고 있다. 정부 보조금 하나 없이 그 많은 사업을 묵묵히 섬긴다. 목사님이 정성을 다해서 섬기니 당연히 지역에서 반응도 좋다.

하나님의 성품을 닮은 그는 내 인생의 여보(如寶), 보물과도 같은 사람이 분명하다.

깡! 부산연탄은행 강정칠 대표

2004년, 부산에도 연탄은행을 열고 싶은 마음에 원주에서 버스를 타고 내려갔다. 어느 구청에 문의했더니 사회복지 담당 공무원이 감천동을 알려 주었다. 지금은 감천문화마을로 알려져 관광객이 북적이는 곳이지만, 그때만 해도 300가구가 넘게 연탄을 때는 달동네였다. 6·25 전쟁 피난민들이 모여 살던 곳이라고 들었는데 실제로 가서 보니 주거 환경이 열악하고 연탄을 때는 집이 많았다. 게다가 대부분 주민이 영세하고 나이 많은 어르신이었다. 바로 연탄은행이 있어야 할 곳이었다.

며칠 후 아직 컴컴한 새벽 5시, '부산연탄은행'이라고 쓴 간판을 트럭에 싣고 원주에서 부산으로 향했다. 감천동 연탄 창고에 간판을 걸어 부산연탄은행의 문을 열기는 열었는데 운영을 맡길 사람이 없었다. 기도하며 생각하는 중에 예전 서울에서 담임했던 교회의 청년회장이 부산에서 전도사로 시무한다는 이야기를 들었다. 그는 내가 원주로 온 이후에도 종종 연락을 주고받는 사이었다. 워낙 믿음이 깊고 서울 교회에서도 무슨 일이든 솔선수범하는 모습을 보았기 때문에 믿고 맡길만하다고 판단했다. 당장 그를 만나서 힘들겠지만 꼭 필요한 일이니 부산연탄은행의 운영을 맡아 섬기자고 부탁했다. 어느 날 갑자기 연탄은행을 맡게 된 이 젊은 전도사가 바로 부산연탄은행 강정칠 대표다.

목사가 되려고 열심히 목회하던 사람인데 갑자기 연탄은행을 운영하려니 고민도 많았을 것이다. 목회와 사회사업, 둘 다 잘해 내고 싶은데 이도 저도 안 될까 봐 걱정하는 모습이 보였다. 안타까운 마음에 연탄은행도 하나님의 교회이고, 여기에서 어렵게 사는 분들을 살피고 돌보는 일도 중요하다고 조언했다. 얼마 후, 그는 목회를 그만두고 연

밥과 연탄으로 만든 길

탄은행 운영에 전력을 쏟기 시작했다. 워낙 일머리가 좋은 사람이라 차차 체계가 잡히고 일이 잘 풀려서 KT 부산 고객본부의 후원을 받아 본격적으로 연탄 나눔을 시작했다.

지금 부산연탄은행은 부산에서 모르는 사람이 없을 정도로 성장하여 대표적인 지역 봉사 단체로 자리매김했다. 밥상공동체는 물론이고, 아동·청소년 문화 사업, 학교 밖 청소년 보호, 방과후 학교 운영, 어르신들을 위한 빨래방, 작은 도서관, 에너지은행, 나눔공동체 뜰까지, 아마도 지역복지의 범주에 들어가는 일은 모두 감당하지 않나 싶다.

강정칠 대표는 남자답고 포스 있는 외모지만, 알고 보면 매우 세심해서 하는 일에 빈틈이 없다. 생각해 보면 그는 단 한 번도 "아니오."라고 말한 적이 없다. 간판만 걸어 주고 왔는데, 지금 저렇게까지 키워 낸 것을 보면 내가 사람 하나는 정말 잘 만났다 싶다. 나는 종종 그를 '깡!'이라고 부른다. 마침 '강 씨'이기도 하고, 그야말로 '깡' 없이 버티기 힘든 일인데 강철 같은 힘으로 버텨 온 사람이기 때문이다. 그는 내가 힘들 때도 늘 오른팔이 되어서 든든한 동반자이자 동역자로 함께한다. 처음에는 내가 이끌고 가르쳤지만, 지금은 오히려 내가 배울 것이 많은 사람이다. 그런 제자 한 명이 있다는 사실만으로 뿌듯하고 자랑스럽다.

강정칠 대표는 내 생일이면 언제나 부산에서 올라와 생일상을 차려주고 내려간다. 그럴 때면 "나는 너 같은 제자가 있어서 이리도 행복한데, 너도 너 같은 제자를 꼭 만나서 그 행복을 느꼈으면 좋겠다."라고 말하곤 한다.

우주를 살 돈이 있어도 절대 바꾸지 않을 사람, 그가 바로 깡~정칠 대표다.

기꺼이 못이 되려는 사람들

밥상공동체 연탄은행은 '해가 지지 않는 곳'이다. 나눔과 봉사, 돌봄과 섬김에는 때와 장소가 따로 없기 때문이다. 밤낮없이 달리는 우리 밥상공동체 연탄은행에서는 구성원들을 활동가라 부른다. 자기 자리에서 주어진 업무만 하지 않고, 부지런히 움직이며 도움이 필요한 곳을 찾기 때문이다. 무슨 일이 있으면 당장 달려가서 살펴야 마음이 놓이고, 별일이 없어도 혹시 못 보고 지나치지는 않았는지 늘 촉각을 곤두세우고 있다. 우리에게는 이런 일들이 아주 당연하다. 나는 이 당연함이 모두 활동가들의 사랑과 헌신에서 비롯됨을 잘 알고 있다.

한번은 연탄 봉사를 하는데 그날따라 유난히 사람도 많고 배달 동선도 복잡해서 정신이 하나도 없었다. 탐탁지 않은 마음에 담당자에

밥과 연탄으로 만든 길

게 한소리 했더니, 본인도 속상한지 나중에 "대표님, 저 오늘 아침, 점심도 못 먹고 계속 일만 했습니다."라며 하소연했다. 가슴이 철렁했다. 밥도 못 먹고 수고했는데 핀잔까지 들었으니 얼마나 언짢았을까 싶어 미안하기 짝이 없었다. 어렵고 힘든 이웃을 돕는다고 정작 우리 활동가들의 수고를 돌보는 데는 좀 소홀하지 않았나 싶었다. 그들이 있기에 지금의 밥상공동체 연탄은행이 있음을 다시 한번 생각하게 한 일이었다.

앞에서도 언급한 바 있지만, 우리 밥상공동체의 밥은 세계 어디에 내놔도 뒤지지 않을 만큼 맛있다고 자부한다. 얼마나 맛있는지 우리 어르신들이 밥맛이 너무 좋아서 밤에 자려고 누워서도 생각난다고 말씀하신다. 아흔 살이 다 된 어르신 네 분은 매일 같이 버스를 한 시간씩 타고 오셔서 드시고 가신다. 집에서는 해 먹기가 힘들고 싫은 밥인데 복지관에만 오면 참 맛있다고 칭찬이 자자하다. 이 훌륭한 밥맛을 15년 넘게 책임지고 있는 사람은 북원노인종합복지관의 김정수 실장이다.

그는 매일 300명이 넘는 어르신들이 드시는 식사를 만든다. 힘들 법도 한데 단체급식용 기성품을 사용하는 경우는 거의 없고, 대부분 직접 만들어 맛을 낸다. 불고기 양념 하나도 어르신 입맛에 맞도록 배를 갈아 넣어서 은근한 단맛을 내지, 양념장 제품이나 인공 감미료는 되도록 쓰지 않는다. 이렇게 정성을 들이니 어르신들이 밥때만 기다린다. 간도 잘 보지 않고 척척 만드는 것 같은데 어쩌면 그렇게 맛있는 밥을 만드는지 신기할 따름이다.

김정수 실장은 밥의 정신을 중요하게 여기고, 우리 밥상의 명맥을 지켜 온 사람이다. 큰 행사와 함께 야외 급식을 할 때도 그가 진두지휘하며 수고를 아끼지 않는다. 원주천 쌍다리 아래에서 창립기념행사를 할 때는 새벽 3시부터 나와서 1,500명분의 식사를 준비한다. 또 어르신들에게 삼계탕을 대접하는 '빈곤 해방의 날(8월 15일)'에도 야외에 커다란 불판을 만들어 삼복더위에 닭 1,200마리를 끓여 낸다. 주방 시설도 없는 곳에서 조리하기가 여간 어려운 일이 아닐 텐데 늘 맛있게 해내니 항상 든든하고 고맙다.

밥상공동체 연탄은행에서 3년만 일하면 어디 가서 뭐를 하든 전문가 소리를 듣는다는 말이 있다. 그만큼 우리 활동가들이 재주도 많고 역할도 많다. 이들은 어려운 이웃과 세상을 잇는 중개자이고, 취약계층을 대변하는 옹호자이며, 자원과 재원을 확보하려고 발로 뛰는 협상가이자, 더 나은 세상을 만들고자 애쓰는 사회운동가다. 동시에 어르신들에게는 다정하고 살가운 아들이자 딸이기도 하다. 낮고 그늘진 곳을 찾아가 기꺼이 못이 되려는 사람들이다.

밥과 연탄으로 만든 길

바티칸에 스위스 용병이 있듯이, 내게는 우리 활동가들이 있다. 일 벌이기를 좋아하는 대표 탓에 늘 분주하고 수고를 아끼지 않으니 고 맙고 또 고맙다. 우리가 어려운 분들을 돕고 지역주민들의 편의를 도 모하는 일을 하지만, 생각과 달리 항상 감사와 칭찬이 돌아오지는 않 는다. 마음과 의도가 정확히 전달되지 않아서 오해가 생기기도 하고, 때로는 억지에 가까운 이야기도 들어야 한다. 그럴 때면 힘들고 지치 기도 할 텐데, 그래도 웃는다.

"죽을 만큼 힘들지만 죽지 않는다."라면서 나와 함께해 주는 사람 들, 우리 활동가들이야말로 내 최고의 자랑이다. 모두 감사합니다! 사 랑합니다!

내게 내린 축복들

나에게는 고질병이 하나 있다. 짐작하건대 머릿속이 온통 밥과 연 탄으로 가득 차서 생긴 병인 듯싶다. 예전에 교회 일만 할 때는 믿음 이 깊고 열심히 전도하는 분들만 눈에 띄더니, 밥과 연탄을 나누기 시 작하면서부터는 하루하루 삶이 힘겹고 고된 분들만 눈에 쏙쏙 들어 온다. 이뿐만이 아니다. 누가 말을 걸면 지레 연탄 이야기로 넘겨짚고 서 듣는다. 뉴스에서 '연'으로 시작하는 말만 나와도 내 귀에는 연탄으 로 들린다. 냉큼 돌아보고는 아니어서 머쓱한 일도 허다하다.

나이가 들수록 좋은 사람들을 만나는 일이 얼마나 큰 축복인지 새삼 깨닫는다. 나는 우리 밥상공동체복지재단 이사회의 법인이사들을 떠올릴 때마다 그런 축복을 실감한다. 이들은 모두 한결같이 인품이 훌륭하고 따뜻하며 협조적인 분들이다. 재단 일이라면 늘 앞장서서 돕고, 내가 사업을 확장할 때마다 단 한 번도 부정적인 의견을 내비친 적이 없다. 나를 향한 신뢰와 지지를 아낌없이 보여 주면서 어떻게든 힘을 실어 주려고 한다. 그러면서도 모두 각자의 전문 분야에서 보석 같은 조언을 아끼지 않는다. 내 안의 숨은 빛, 그 가능성을 일깨워 주는 그들이 있어 늘 든든하고 감사할 따름이다.

전국 31개 연탄은행과 키르기스스탄 연탄은행의 대표들 역시 또 하나의 축복이다. 우리는 모두 피를 나눈 형제 같고, 가족이나 다름없다. 서로 같은 목표를 바라보며 달리고 있다는 일종의 동지애가 느껴진다. 같은 마음과 뜻이 있기에 더욱 서로의 고난과 어려움에 공감하면서 함께 문제를 해결하고자 한다. 전국 각지에 흩어져 몸은 따로 있지만, 늘 서로를 격려하고 지지하며 함께 기도함으로써 더 큰 힘을 주고받는다. 모두 연탄은행의 시작부터 지금까지 티끌만큼의 소홀함도 없이 늘 봉사와 헌신을 다한다. 만약 연탄은행을 섬기지 않았다면 이렇게 귀하고 소중한 사람들을 만날 수 있었을까? 한 분, 한 분 모두 더없이 소중한 분들이다.

밥과 연탄으로 만든 길

우리는 모두 나누고 섬기는 삶이 당연한 사람들이다. 만나면 분명히 다른 이야기를 하다가도 어느새 봉사하는 이야기를 하고 있다. 자다가도 누가 밥이 어떻고, 연탄이 어떻다고 하면 벌떡 일어난다. 체력적으로 힘들고 컨디션이 안 좋다가도 연탄 봉사를 하는 날은 되려 힘이 나니 참 알다가도 모를 일이다.

51만 8,467명, 대한민국의 자산입니다

우리 밥상공동체 연탄은행의 홈페이지 첫 화면에는 나눔 현황이 기록되고 있다. 이 글을 쓰는 지금은 사랑의 연탄 8,011만 666장을 나누었고, 139만 4,744명이 무료급식을 드셨으며, 자원봉사자 51만 8,467명이 다녀갔다고 나온다. 다음 주, 다음 달에는 더 늘어날 것이다. 고마운 봉사자들이 계셨기에 저런 수치들이 가능하다. 자기 일처럼 묵묵히 봉사해 주는 분들이 없이는 연탄과 밥이 아무리 많아도 나눌 수가 없다. 봉사자들이 없었다면 우리 밥상공동체 연탄은행이 지금껏 이어 오지 못했을 것이다.

봉사는 사랑과 정을 나누는 행위다. 밥과 국을 드리면서 눈을 맞추며 맛있게 드시라고 인사하고, 연탄을 가져다드리면서 어르신들의 안부를 묻는다. 동시에 봉사는 사랑과 정을 얻을 수 있는 행위다. 밥과 연탄을 나누면서 자기 존재의 소중함을 깨닫고 과욕을 버리게 되어

팍팍한 삶에서 위안을 얻는다. 한 번 봉사하러 왔던 개인이나 단체는 대부분 다음 해에도 온다. 개인은 다른 사람을 데리고 오거나 후원으로 이어지는 일이 많다. 기업이나 모임에서도 내부 반응이 무척 좋았다면서 다시 오곤 한다. 모두 봉사하면서 되려 힘을 얻은 경험 때문이지 않을까? 연탄 봉사를 하면서 얼굴은 까매질지언정 마음만은 더 환하게 밝아지는 기쁨을 느꼈기 때문이 아닐까?

세상의 모든 만남은 이유가 있고, 만남은 또 다른 만남을 이끈다고 했다. 봉사자들끼리도 마찬가지다. 생각과 가치관이 같다는 동질감을 바탕으로 처음부터 서로를 긍정적인 눈으로 바라보고 친밀하게 느낀다. 함께 봉사하면서 서로 도움을 주고, 어려운 일이 있을 때 격려와 위로도 아끼지 않는다. 그렇게 또 하나의 공동체가 형성된다.

우리 밥상공동체 연탄은행 가족들, 이들은 모두 내가 하는 일을 이해하고 이 일을 하는 마음에 공감해 주는 소중한 분들이다. 돌이켜 보면 고비마다 고난과 시험이 많은 만큼, 좋은 사람도 주변에 많았다. 좋은 사람들이 전하는 응원과 도움으로 힘든 시간을 묵묵히 버텼더니 좋은 사람이 차츰 더 많이 생겼다. 그들이 내 곁에 있었기에 '하면 된다'라는 실낱같은 믿음이 생겼고, 그들과 함께라면 '할 수 있다.'라고 생각했다. 이들과 함께 공동체를 이루겠다는 꿈을 키웠고, 지금 이들과 함께라 행복한 나날을 보내고 있다.

밥과 연탄으로 만든 길

억지로 인연을 만들지 않고, 느리게 한 걸음씩 귀중한 인연을 만들어 나가며 살아왔다. 그렇게 만난 분들은 모두 그 어떤 예술 작품보다도 훌륭하고 아름답다. 하늘이 내린 축복 같은 사람들을 만난 덕분에 인생 후반전이 알차고 행복하다.

제7장

생각들 Ⅱ:
더 나은 세상을
향하어

어느 날 교회 담장을 넘어 섬김의 삶을 선택한 사람으로서 내가 바라보는 세상은 고난이자 시험인 동시에 사랑이자 헌신이다. 나는 가난했지만 그로부터 벗어나려고 발버둥 치는 쪽을 선택하지 않았다. 오히려 가난을 더 따뜻한 눈으로 바라보면서 그 안으로 더 깊이 들어가서 어렵고 힘들게 사는 이들을 돕고자 했다. 내 수중에는 돈은 없지만 세상에는 돈이 많으니, 열심히 뛰어서 어렵고 힘들게 사는 이들에게 무엇이라도 전달하고자 했다. 가장 가난하고 평범한 이들이 연대해 공동체를 이루고, 서로 진정한 이웃이 되기를 희망하고 있다. 그렇게만 된다면 세상은 또 얼마나 아름다워질까?

가난에 관한
단상들

나의 가난: 고생(苦生)에서 고생(高生)으로

어렸을 적, 배가 너무 고파서 때로는 길에 떨어진 빵을 주워 먹었다. 빈 병을 모아다 밑바닥에 남은 사이다 몇 방울을 겨우 마셔 본 적도 있다. 도시락을 싸 가지 못하는 날에는 친구들의 도시락을 같이 먹기도 했다. 이미 낡아 빠진 구두가 행여 더 낡아 아예 신지도 못하게 될까 봐 어두운 밤에는 구두를 벗어들고 맨발로 걷던 신학도였다. 이런 내가 가난한 이를 돕는 방편으로 밥상공동체와 연탄은행을 시작한 것은 어찌 보면 당연한 일이었다. 배고픔과 추위는 가난의 가장 원초적인 모습, 생존과 관련한 문제이기 때문이다.

아버지가 돌아가신 후, 가세가 급격히 기울자 어머니는 하숙을 쳤다. 매일 이른 새벽에 일어나자마자 직접 농사지은 채소를 뜯어다가 반찬을 만들어서 아침, 점심, 저녁 세 끼를 차렸다. 어린 내가 옆에서 보기에도 매끼를 허투루 하는 법 없이 정성을 들였다. 그릇에 밥을 담을 때는 항상 주걱으로 꾹꾹 눌러 담았다. 왜 그렇게 하시냐고 물었더니 사람이 살려면 밥심이 있어야 하기 때문이라고 하셨다. 매 끼니 당신이 꾹꾹 눌러 담아 준 밥을 잘 먹는 하숙생들을 보며 좋아하던 어머니 표정이 지금도 눈에 선하다. 가난하고 고달파도 어머니는 언제나 당당함을 잃지 않았다. 절대 남에게 의지하거나 폐를 끼치지 않았으며 어떻게든 혼자 힘으로 생계를 꾸렸다. 잘사는 친척들이 은연중에 우리를 부담스러워하는 내색을 보여도 전혀 주눅이 들지 않고 당당했다. 어린 내 눈에 어머니는 늘 그렇게 씩씩한 분이었지만, 철이 들고 생각해 보니 힘들지 않았을 리 없다. 어떻게 힘들지 않았겠는가. 그래도 묵묵히 인내하면서 전혀 기죽지 않고 하루하루를 살아가는 어머니는 본보기가 되기에 충분했다.

돈 벌러 서울로 간 둘째 누님은 홀로 가난과 질병에 시달리다 스스로 세상을 등졌다. 당시 중학교 1학년이던 내가 상황을 전부 이해할 수는 없었지만, 한 가지는 분명했다. 가난은 사람을 파괴할 수 있다는 사실이었다. 그제야 나는 가난이 불편함이나 어려움일 뿐만 아니라, 고통이고 불행일 수도 있음을 알았다. 가난에서 기인한 절망적 감정은 사람을 무너뜨렸다. 삶이 고단해도 부러 힘을 내어 세상에 맞섰던 어머니, 그리고 힘겨운 삶에 지쳐 떠난 누님은 모두 내게 크나큰 영향을 미쳤다. 나는 언제나 이 두 분을 기억했다. 어머니와 같은 이웃에게는 응원을 아끼지 않아 힘과 용기를 북돋고, 누님과 같은 이웃에게는 따뜻한 손을 건네어 사랑과 보살핌이 있는 밝은 곳으로 데리고 나오고 싶었다.

가난은 지금의 나를 있게 만든 원동력이다. 늦은 밤이든 이른 새벽이든 도저히 견딜 수 없는 불안과 두려움이 찾아올 때마다 교회로 달려가 기도하던 어머니를 기억한다. 어머니가 신앙으로 가난을 견디며 살아갈 힘을 얻는 모습을 보면서 목회자의 길을 걷겠노라고 다짐했다. 시작은 나 혼자지만 서로 돕고 힘이 되는 공동체를 이루겠다는 결심을 하게 된 배경도 결국 가난에 대한 실존적 깨달음 때문이었다.

누군가는 왜 그런 고생을 사서 하느냐고 만류하기도 했지만, 내게는 당연한 일이었다. 나는 스스로 고생의 길을 갔지만, 그 고생은 '쓸 고(苦)'가 아니라 '높을 고(高)'를 쓰는 '고생(高生)'이다. 이 고생의 최종 목표는 '모든 삶을 더 높게 만드는 것'이다. 어렵고 힘든 가운데서도 당당하게 살아가는 삶, 최악의 상황을 이겨 내고 결국 원하는 것을 이루는 삶, 이야말로 내가 추구하는 고생(高生)이다.

밥과 연탄으로 만든 길

세상의 가난은 모두의 문제

초창기에는 돕고 싶은 마음은 굴뚝같은데 돈이 없어서 그 마음을 펼치기가 어려웠다. 돈이 있으면 할 수 있는 일이 많을 텐데 왜 이렇게 돈이 없는지 답답하기만 했다. 오죽했으면 종이를 지폐 크기로 잘라 '1억, 예수 그리스도 총재'라고 쓰고 '1억짜리 수표'라면서 가슴에 품고 다녔겠는가. 한번은 은행에 들렀는데 안쪽에 쌓여 있는 돈뭉치들이 얼핏 보였다. 살면서 그렇게 많은 돈은 처음 보았다. 은행 문 하나만 열고 나서면 돈이 없어 생활고에 허덕이는 사람이 수두룩한데, 은행 안에는 눈이 번쩍 뜨일 정도로 돈이 많다니, 마치 한 편의 풍자극이라도 보는 것 같았다. 그때 나는 세상에 돈이 없는 것이 아니라, 내게 오는 돈이 없다는 사실을 깨달았다.

지금 우리는 그때보다 훨씬 돈이 많고, 먹을 것이 넘쳐나는 세상에 살고 있다. 하지만 여전히 굶주림과 추위에 신음하는 사람이 존재한다. 아마 가난한 사람이 정말 그렇게 많은지, 가난하다면 대체 어느 정도로 가난한 건지 전혀 실감하지 못하는 사람도 있을 것이다. 원래 일부러 눈여겨보지 않으면 가난이 잘 보이지 않는다. 세상에 가난이 없어서가 아니라, 가난을 무시하고 숨기고 억눌러 왔기 때문이다. 우리나라만의 문제는 아니다. 세계 최강국이라는 미국에서도 가난의 문제가 심각하다. 화려하기 그지없는 멋진 겉모습과 달리, 해마다 노숙인이 급증해 수십만 명에 달한다고 한다. 그러니까 이 풍요로운 세상에 가난한 사람이 존재하는 것은 돈이 부족해서가 아니다. 세상의 가난은 인식과 정의의 결핍에서 비롯된 결과다.

이상하게도 우리 사회에는 가난이 개인의 문제이므로 각자의 노력으로 해결해야 한다는 생각이 강하다. 대놓고 입 밖으로 꺼내지는 않아도 가난이 개인의 무능력, 나쁜 습관, 도덕적 해이에서 기인한다는 인식이 지배적이다. 하지만 세상에는 아무리 노력해도 벗어날 수 없는 가난한 삶이 있다. 철거민 신세가 되어 보금자리를 잃은 사람들, 가난해서 배우지도 못하고 번듯한 직장을 얻지 못한 사람들, 열심히 살지만 연이은 불운에 쓰러진 사람들, IMF 사태로 가난의 늪에 빠진 사람들……, 이런 사람들이 전부 게으르거나 의지가 없어서 그렇게 사는 것이 아니다.

사실 소수의 부자를 제외하면 가난이 꼭 남의 일이지만도 않다. 본인이나 가족의 갑작스러운 사고, 질병, 실직 등의 사건을 한 번은 감당할지 몰라도 두세 번 연이어지면 이전의 삶으로 돌아가기가 쉽지 않다. 누구나 갑작스럽게 일어나는 사건들로 이전에는 상상조차 못했던 가난을 경험할 수 있다. IMF 사태가 터졌을 때, 영세 업체들이 줄도산하면서 실업자들이 쏟아졌다. 이들은 특별히 나쁜 짓을 한 적이 없다. 그리 넉넉하지는 않아도 자기 힘으로 성실하게 살던 사람들

밥과 연탄으로 만든 길

이었다. 하지만 대부분 지지 기반이 부족하고 위기에 취약했기에 하루아침에 거리로 내몰려 노숙인 신세로 전락했다. 원래는 사회가 이런 돌발 상황을 감당하는 힘을 갖추었어야 했지만, 우리는 사회 안전망이 턱없이 부족했다. 그러니까 이는 사회적 문제이지 개인의 문제가 아니었다.

가난은 사람을 짓누른다

'가난'이라는 말은 한자 '간난(艱難)'에서 왔다. 여기에 쓰인 '어려울 난(難)'은 '진흙밭에 새가 빠져 있는 모습'을 묘사한 한자다. 진흙밭에 빠진 새는 살아있지만 걷지도 날아오르지도 못한다. 몸을 빼내려고 발버둥 칠수록 발은 더 깊이 빠지고, 진흙투성이가 된 날개는 점점 더 무거워질 뿐이다. 가난을 경험하지 않고 가난을 함부로 말할 수는 없다.

급식소에 온 분들과 이야기를 나눠 보면 대체로 말을 조리 있게 못하고 중언부언한다. 시선이 분산되고 집중력이 부족하며 불안해 보이기도 한다. 오랫동안 힘들고 어렵게 살아온 탓에 자존감이 낮고, 자신감도 부족하다. 살아남으려니 다소 메마르고 거칠어질 수밖에 없어서 그렇다. 말과 행동이 세련되지 못하고 매사에 여유가 없어 보이기도 한다. 경계도 심하고 의심도 많다. 그동안 쌓인 우울감도 상당해서 알코올 의존증으로 이어지는 일이 흔하다. 때로는 괜한 오기나 고집을 부리기도 하고, 뒷일이야 어찌 되든 아랑곳하지 않고 돌발적인 행동을 하기도 한다. 그렇다고 그들을 나무라거나 비난할 수 있을까? 자기 몸과 마음이 상하는 줄도 모르고 어떻게든 살아남고자 고생스럽게 일궈 온 삶을 깎아내리고 헐뜯는 것이 과연 옳은 일인가?

가난은 사람을 짓누른다. 보이는 부분뿐 아니라, 보이지 않는 부분에까지 깊숙이 뿌리 내려 사람을 옥죈다. 가난은 단순하지 않다. 다양한 스펙트럼과 히스토리가 포함되며 그중 어느 하나도 중요하지 않은 부분이 없다. 사례마다 여러 방향과 각도에서 접근하고 특수성을 면밀히 고려해서 상황을 극복 혹은 개선할 수 있도록 도와야 한다. 10년의 고난이 있었다면 회복하는 데 적어도 11년이 필요하다. 한 번 도움을 주었는데 큰 변화가 없다고 '역시 그러면 그렇지…….'라면서 돌아서면 아무 일도 안 된다. 형편이 어려운 사람은 1~2년 후의 미래를 내다보는 일을 선택하기가 어렵다. 당장 먹고살기가 급한 나머지, 타인이 보기에는 다소 실망스러운 선택을 하기도 한다. 그래도 인내심을 발휘해서 애정이 어린 눈길로 바라보며 지지와 격려를 아끼지 않아야 한다.

시간이 걸리겠지만, 우리가 여기에서 기다리고 있다는 무언의 메시지를 끊임없이 보내는 것이 중요하다. 사랑하는 가족이라면 11년 아

밥과 연탄으로 만든 길

니라 더 긴 시간도 기다리지 않겠는가. 우리는 모두 대한민국이라는 커다란 집안의 한 가족이다. 가족을 기다리는 마음으로 우리 사회 전체가 그가 회복하기를 기다려 줄 필요가 있다. "가난은 나라님도 구제하지 못한다."라는 말은 변명이다. 나라님도 할 수 없는 일이니 내가 뭘 할 수 있겠냐면서 손을 놓아 버린다면 세상에 희망은 없다.

프랑스의 빈민 운동가 아베 피에르(Abbé Pierre) 신부는 '이웃의 가난은 나의 수치'라고 말했다. 곤궁한 지경에 빠졌다고 해서 그의 삶을 실패작으로 낙인찍지 말고, 그들이 다시 희망을 품을 수 있도록 돕는 사회가 진짜 선진 사회다. 자본주의 사회의 어쩔 수 없는 구조적인 문제라고 치부해서는 안 된다. 국민 모두 가난을 사회 정의의 차원에서 주제화할 필요가 있다. 긍휼과 구제를 섬김으로 삼는 기독교나 자비와 연민을 강조하는 불교의 본질이 종교를 넘어 사회 전체에 적용되어야 할 것이다.

불우이웃은 없다

처음 노숙인 쉼터를 열었을 때, 내 딴에는 보수며 작업 환경 등 전반적인 조건이 모두 좋은 곳을 찾아주려고 참 애를 많이 썼다. 우리 쉼터 식구가 좋은 직장에서 일하면서 어엿한 사회인으로 당당히 서는 아름다운 모습을 상상했던 것 같다. 하지만 늘 그렇듯 상상은 어디까지나 상상일 뿐, 현실과 다르다. 쉼터 노숙인들은 면접은 말할 것도 없고, 대부분 이력서 하나 제대로 쓰지 못했다. 어찌어찌 일하게 되어도 근태에 대한 개념이 부족해서 끝내 적응하지 못하고 돌아왔다. 나도 속상하고, 당사자도 미안해했다. 생각해 보면 모두 그 사람의 입장과 현실을 세심하게 배려하지 못한 나의 불찰이었다.

누군가를 돕는 일은 상당한 세련됨이 필요하다. 어렵게 사는 사람들이니까, 뭐든 해 주면 좋아하리라고 생각한다면 오산이다. 반드시 그의 입장과 현실에 대한 깊은 이해, 세심한 배려가 선행되어야 한다. 각사 굉장히 예민하게 반응하는 부분이 한두 가지씩 꼭 있으므로 아주 조심스럽게 접근해야 한다. 내 딴에는 좀 더 잘되었으면 하는 마음에 하는 말이 그들에게는 일종의 공격으로 여겨질 수 있으므로 단어 하나에도 유의해야 한다.

베푸는 사람을 자처하면서 시혜적 태도로 접근한다면 좋은 결과를 얻기 어렵다. 아무리 아낌없이 나누고 진심으로 돕더라도 쌍방이 모두 기쁘고 행복하지 않다면 본래의 의미가 퇴색되고 만다. 만약 힘들게 일자리를 찾아줬더니 그만두었다고 내가 그를 나무라거나 핀잔을 주었다면 어떻게 되었을까? 그가 자기 잘못을 깨닫고 이후로는 좋은 직장에서 착실히 일했을까? 장담컨대 그럴 가능성은 매우 희박하다.

언젠가 읽은 글이 떠오른다. 이전에 교직에 몸담았던 글쓴이는 학교에서 불우이웃돕기 모금을 했는데 대상자로 선정된 학생이 "나는 불우이웃이 아니기 때문에 이 돈을 받을 수 없다."라면서 사절한 일을 잊을 수 없다고 했다. 또 이런 이야기도 있다. 어느 기업에서 매년 하는 '불우이웃 돕기' 행사의 명칭을 두고 논쟁이 벌어졌는데, '불우'라는 표현이 다소 차별적이기는 해도 이런 말을 써서 어려운 형편을 시각적, 감정적으로 더 부각해야 모금이 잘된다는 의견이 나왔다는 것이다.

'불우'라는 말은 '살림이나 처지가 어렵다'라는 뜻이지만, 통념상 불쌍하다거나 딱하다는 의미로 쓰인다. 매체에도 불우이웃이라는 말이 심심찮게 나오는데 잘못된 표현이다. 어려운 이웃을 함부로 동정적인 시선으로 바라보는 것 또한 그들에 대한 차별이다. 마치 상대방을 불쌍한 사람으로 낙인을 찍는 것과 같다. 나눠주는 사람은 너그러운 마음으로 베푸는 시혜자가 되고, 나눔을 받는 사람은 단박에 불쌍한 사람이 되는 느낌이다. 혼자 힘으로는 제대로 살아가기 어려운 사람이니 도와야 한다는 시혜적인 시선이 상당히 불편하다.

세상에 불우이웃은 없다.
함께 더불어 살아가야 할 이웃만 있을 뿐이다.

더 나은
세상으로

양극화 시대

바야흐로 '양극화의 시대'다. 경제, 정치는 물론이고, 지역, 사상, 교육 등 사회 곳곳에서 보이거나 보이지 않는 양극화가 심각한 지경에 이르렀다. 대한민국이 아니라 대한민'극'이라는 말이 실감 날 정도다. 간단하게 설명하자면 양극화는 '중간이 없고, 엄청 높거나 낮은 양쪽으로 몰리며 서로 멀어지는 현상'이다. 여기에서 '중간이 없다'라는 대목이 중요하다. 중간이 없는 구조는 아주 작은 충격에도 크게 흔들리고 순식간에 무너질 수 있다.

우리에게 양극화는 공포스러운 현실이다. 지난 26년 동안 우리 사회는 급격한 양극화를 겪었고, 나는 현장에서 그 과정을 고스란히 목격하고 실감했다. 처음 밥상공동체를 시작했을 때는 IMF 사태라는

밥과 연탄으로 만든 길

특수한 상황의 여파가 상당하니 이 고비만 잘 넘기면 되리라 생각했다. '지금은 어렵지만 곧 나아지겠지.', '몇 년만 지나면 더 이상 가슴 아픈 일이 없겠지…….' 이런 생각들로 힘을 내며 버텼지만, 현실은 예상과 달랐다. 상황은 좀처럼 나아질 낌새가 보이지 않고, 오히려 점점 더 나빠지기만 했다. 양극화는 더 가속되어 극단으로 치달았고, 급기야 내가 아무리 애를 써도 결국은 감당하지 못하리라는 생각이 들기 시작했다.

어느 때는 밑 빠진 독에 물을 붓는 것 같아 회의감마저 든다. 사회가 발전하고 GDP는 올라간다는데 취약계층은 기하급수적으로 많아지기만 한다. 아무리 나누고 돌봐도 그 끝이 보이기는커녕 점점 더 멀어지기만 하는 것 같다. 초고령화 시대로 접어들면서 어렵게 사는 어르신들이 눈에 띄게 늘어나는데, 정작 돌봐 줄 사람은 없다. 때가 되면 밥 한 끼 차려 줄 사람이 없고, 아파도 병원에 데려갈 사람이 없다. 공공 부문이 이런저런 정책을 시행하고, 우리 같은 민간 부문이 현장에서 발로 뛰지만 역부족이다. 오늘은 천만다행으로 아사 직전의 위기에 놓인 할머니를 구했지만, 내일도 구할 수 있을까? 다음 달, 내년에도 나는 그들을 구할 수 있을까? 장담할 수가 없다. 사실 누구도 해결할 수 없는 일이다. 대한민국 최고 재벌이 가진 돈을 전부 내놓겠다고 해도 불가능한 일이다.

종종 마치 끝도 없는 막막함 속으로 가라앉는 기분이 들곤 했다. 하지만 이마저도 하지 않으면 어떻게 될까를 생각하며 놓지 못했다. 잘난 사람만 사는 사회가 아니니까, 모든 사람은 사랑과 돌봄을 받을 자격이 있으니까, 책임감을 느끼며 해 온 것이다. 모든 이를 구할 수 없고, 모두를 부자로 만들거나 성공시킬 수는 없을 것이다. 다만 그들이 주어진 삶을 고통스럽지 않고 평온하게 영위할 수 있도록 최선을 다한다.

나는 더 많은 사람이 동참해 주기를 간절히 바라고 있다. 남보다 더 많이 가진 사람은 자신의 부, 지위, 권력 등이 개인의 노력과 수고뿐 아니라, 사회의 조력으로 이루어졌음을 알아야 한다. 이는 곧 갚아야 할 부채다. 모든 사람이 자신과 같은 기회를 얻지는 못했음을 기억하고, 사회가 내게 해 준 것처럼 다른 누군가를 위해 헌신할 필요가 있다.

어쩌면 누군가를 돕기에는 가진 것이 많지 않다고 생각할지도 모르겠다. 아니다. 누구나 남보다 더 많이 가진 무언가가 있기 마련이다. 없다고 생각하면 한없이 없지만, 가만히 살펴보면 가진 것이 너무나 많다. 지금 입은 옷, 신은 신발, 눈, 코, 입, 손발……, 모두 내가 가진 것이다. 이렇게 내게 속한 모든 것에 감사하며 사회에 되돌리려는 마음이 꼭 필요하다.

밥과 연탄으로 만든 길

선진 국민의 의식이란 결국 자신이 속한 '사회에 대한 책임감'으로 귀결된다. 이제 선택할 때다. 양극화로 병든 사회의 일원으로 남을 것인가, 아니면 서로를 돌보며 가족의 기능을 대신하는 건강한 사회를 함께 일궈 낼 것인가?

누구나 다 똑같은 존재다

잘난 사람도 없고, 못난 사람도 없다.
특별한 사람도 없고, 평범한 사람도 없다.
고귀한 사람도 없고, 비천한 사람도 없다.
더 행복한 사람도 없고, 더 불행한 사람도 없다.
내 위에도 사람이 없고, 내 아래에도 사람이 없다.
…….
사람은 그저 사람일 뿐, 누구나 똑같은 존재다.

서로를 돌보며 가족의 기능을 대신하는 건강한 사회를 이루려면 '사람은 누구나 똑같다.'라는 인식에서부터 출발해야 한다. 잣대와 평가를 모두 거둔 채, 오직 서로를 위하고 생각하는 마음에 기반해야만 진정한 나눔과 돌봄이 가능하다.

사람을 그가 가진 부와 지위로 판단하는 세태는 사회를 더 양극단으로 몰고 갈 뿐이다. 부와 지위가 모든 가치 평가의 기준이 되다 보니 자기도 모르게 당당해지거나 혹은 주눅이 든다. 그 기준이 지극히 상대적이어서 여기서는 당당했다가, 저기서는 주눅이 드는 식이다. 문제는 부와 지위 등이 영원하지 않다는 데 있다. 오늘은 있어도 내일 사라질 수 있고, 오늘은 없어도 내일은 생길 수 있다. 얼핏 대단해 보일지는 몰라도 그렇게 시시각각 변하는 것은 절대 온전히 내 것일 수가 없다.

어떤 삶이든 나름의 의미가 있다. 자기 삶을 저버리지 않고 꾸준히 영위해 온 것만으로도 충분히 존중받을 만하다. 무조건 크고 완벽한 무언가를 이루어야 한다면 그렇지 않은 대다수 사람은 어떻게 살아가겠는가? 여든이 넘은 나이에 나라에서 주는 30만 원 남짓으로 산다고 해도 뭐 어떤가? 남을 속이거나 억울하게 하지 않고, 자기 힘으로 파지를 주워 경제 활동을 하는 것 자체로 굉장한 일이다. 소위 성공했다는 기업가들이 하는 일과 전혀 다르지 않다.

가진 것이 없어 곤궁하고 힘겨운 삶이라도 기죽지 말고 당당해지기를 바란다. 안 되면 배우처럼 연기라도 해야 한다. 그러다 보면 진짜가 될 것이다. 마치 걱정이나 고민 따위는 전혀 없는 사람인 양, 어깨를 펴고 당당하게 살면 그 자체로 가치 있는 삶이 된다. 스스로 자기 삶에 가치를 부여하지 않는데 어떻게 가치 있는 삶을 살 수 있겠는가?

밥과 연탄으로 만든 길

오래전, 밥상공동체에서 급식 지원을 받던 분이 계셨다. 그는 거리에서 편지 봉투를 팔거나 구걸해 돈을 벌었다. 그러니까 우리 사회의 가장 낮은 곳에 있다고 여겨지는 걸인이었다. 걸인이지만 나름의 철학이 확고했다. 그에 따르면 구걸도 직업, 그것도 아주 힘이 많이 드는 직업이다. 자신은 절도나 사기 같은 나쁜 짓을 하지 않고, 구걸이라는 직업을 성실히 수행하며 산다고 했다. 그는 주 6일을 '근무'하고 일요일 하루는 쉰다. 그렇게 번 돈으로 밥상공동체종합사회복지관을 지을 때, 후원도 했다. 어찌 보면 이런 분들의 나눔이 더 뜻깊다. 없는 삶에서도 나눌 수 있는 여유, 그것이 진정한 노블레스 오블리주다.

사람은 누구나 다 똑같으므로 도움을 주는 사람이나 받는 사람이 서로 다르지 않다. 동등한 위치에서 서로에게 관심을 보이고 필요한 도움을 주고받으며 사는 것이 세상이다. 가진 것이 많은 사람만 나눌 수 있지 않다. 내가 가진 밥 한 그릇, 연탄 한 장이라도 나눌 수 있는 만큼 나누면 된다.

성경에 "남에게 대접받고자 하는 대로 너희도 남을 대접하라."라는 말씀이 있다. 사회 안에서 타인을 생각하고 돌보는 것은 스스로 자신을 바라보고 돌보는 것과 다름이 없다. 내가 타인에게 관심을 보이고 나누고 돌보는 만큼, 누군가가 내게도 똑같이 그렇게 해 줄 것이다. 나를 생각하고 염려하고 지탱해 주는 사람이 반드시 있다는 사실만으로도 우리는 살아갈 가치가 있다. 서로를 향한 관심을 잃지 않을 때, 우리는 비로소 '서로를 돌보며 가족의 기능을 대신하는 건강한 사회'를 이룰 수 있다.

연탄구멍으로 바라보는 세상

"달리 생각하면 우리는 밤에 문을 열고 자다가 도둑이 들어와도 가져갈 것이 없으니 얼마나 편한가요! 가져갈 것이 없으니까 문단속에 신경 쓰지 않아도 되고, 도둑이 들어올까 봐 걱정할 필요도 없습니다. 이렇게 편하고 홀가분하게 사는 사람이 또 어디에 있겠어요?"

내가 이런 이야기를 하면 어르신들이 큭큭거리며 웃으신다. 아주 틀린 말은 아니지 않은가. 가진 것이 많아도 마냥 좋지만은 않고 어딘가 불편한 부분이 있을 것이다. 비싼 옷을 차려입고 나가면 기분은 좋을지 모르나 구겨지거나 더럽힐까 봐 불편하고 신경이 쓰이는 것처럼 말이다. 마찬가지로 가진 것이 없으면 살기는 좀 불편해도 신경 쓸 것이 없으니 홀가분하고 자유로워 좋다. 도둑이 들어와도 가져갈 것이 없으니 걱정할 필요가 없다. 원래 세상만사에는 양면이 있다. 꼭 부유해야 성공한 인생이고, 가난하다고 실패한 인생이지는 않다. 모두가 어느 한쪽만 쳐다보고 있을 필요는 없다. 가졌을 때의 만족감도

밥과 연탄으로 만든 길

있지만, 가지지 않았을 때의 자유로움도 있으니까 말이다.

지금이야 연탄은행이라는 말이 익숙하지만, 처음에는 '연탄'과 '은행'이 참으로 어울리지 않는 조합이었다. 은행에서 돈을 가지고 있듯이 연탄을 가지고 있다가 필요한 사람들에게 준다는 방식을 언뜻 이해하기 어려워하는 분들도 적지 않았다. 복지관과 방송국도 상당히 낯선 조합이었다. 직원들부터 벌써 '복지관에서 무슨 방송국을⋯⋯.'이라고 생각하는 표정이 역력했다. 그럴 만도 하다. 보통의 사회복지사는 철저한 계획과 프로세스로 사업을 진행한다. 반대로 나는 필요하다고 판단하면 중간 단계를 건너뛰고, 바로 결과 보고서부터 쓰는 식이었다. 그런 후에 이 결과가 허풍으로 전락하지 않도록 밤낮으로 뛰어다니면서 건너뛴 절차들을 메웠다. 사전에 하나하나 따지면서 이게 될는지 고민하기보다 아예 새로운 방향에서 접근해 솔루션을 찾으려 했다.

나에게 방식이나 형식 같은 것은 크게 중요하지 않았다. 또 처음부터 배워서 시작한 것이 아니어서 이론에 얽매이지도 않았다. 정해진 형태에 구애받지 않고 좀 더 자유롭고 창의적으로 문제에 접근했다. 똑바로 봐서 안 될 것 같으면 각도를 바꾸어 이리저리 살피면서 어떻게든 가능한 돌파구를 찾았다. 전혀 어울릴 것 같지 않은 요소들을 이어서 새로운 것을 만들어 내고, 어르신들과 이야기를 나누면서 얻은 아이디어들을 하나씩 모으고 기억해 뒀다가 우리만의 것을 만들었다. 더 많이 나누고 섬길 수 있기만 하다면 어느 쪽에서 바라보든 상관없었다.

살다 보면 벽에 부딪힌 것 같은 느낌이 들 때가 있다. 도무지 돌파구를 찾을 수 없어서 그냥 이대로 주저앉아야 하나 싶을 때가 분명히 온다. 이럴 때는 한 곳만 바라보기보다는 조금 시야를 바꿔 보자. 그곳 아니면 안 될 것 같아도 고개를 들어 다른 곳을 볼 줄 알아야 한다. 다른 사람들과 똑같이 세상을 보면 결국 그들과 똑같아진다. 세상을 거꾸로, 이니 완전히 새로운 방향에서 다르게 보면 해결책이 생기고 새로운 길이 열릴 수 있다.

나는 종종 연탄을 들고 연탄구멍 사이로 세상을 본다. 그러면 안 보이는 것이 없다. 사고의 각도를 바꾸어 세상을 완전히 거꾸로 보기도 해보자. 어쩌면 생각지도 못한 완전히 새로운 것이 보일지도 모른다.

밥과 연탄으로 만든 길

공동체를
향하여

공동체라는 해답

영국 웨일스 지방에서 쓰는 말 중에 '크랙(craic)'이라는 단어가 있다고 한다. '공동체에 속해 있다는 기분'이라는 의미로 가장 편안한 사람들 속에 있을 때 비로소 느낄 수 있는 기분을 일컫는다. 우리 밥상 공동체 연탄은행의 어르신들이 가장 원하고 바라는 기분이다.

급식이나 연탄 나눔을 하다 보면 몸이 지칠 때가 분명히 있다. 젊은 봉사자들도 처음에는 활기차게 웃으면서 시작하지만, 지게를 지거나 손수레를 끌고 산꼭대기 집까지 올라가면서 이미 힘이 다 빠져서는 다리가 후들거릴 정도다. 그렇게 헉헉대며 올라가 보면 어르신들이 문밖까지 나와서 반가이 맞으신다. 추우니까 들어가시라고 해도 꼭 끝까지 밖에 서 계신다. 연탄이 채워지는 것도 좋지만, 사람들이 들락

날락하며 북적이는 모습이 좋아서다. 자식뻘, 손주뻘 되는 봉사자들이 "어르신, 건강하세요."라고 건네는 인사 한마디에 모처럼 기분이 들떠서다. 연탄이 들어오는 날은 별로 춥지도 않더라는 말이 그냥 하는 말씀이 아니다.

고령화는 이미 막을 수 없는 기정사실이다. 우리나라는 OECD 국가 중에서도 노인 빈곤율과 자살률이 가장 높고, 노인의 삶에 대한 만족도가 다른 연령이나 국가에 비해 현저히 낮은 편이다. 이에 각 지자체에서 마을 공동체를 구성하거나 고령친화도시로 탈바꿈하여 필요한 서비스와 시설을 지원하는 등 다양한 시도를 한다. 모범 사례도 꽤 있고, 대체로 긍정적인 반응이다. 다만 이런 물리적인 구성만으로는 분명히 한계가 있다. 친밀감, 정서적 유대, 응집력 같은 사회적 관계가 어르신들이 느끼는 삶의 만족도에 큰 영향을 미치기 때문이다.

앞서 소개한 크랙, 즉 공동체에 속해 있다는 기분을 느끼게 하는 것이 해답이 되리라 생각한다. 어르신들은 이 거대한 사회 속에서 홀로 덩그러니 놓인 외톨이가 아니라는 느낌만으로도 커다란 만족감을 얻는다. 자신이 공동체의 일원이라는 자부심과 자존감이 무척 중요하다. 언제든 달려와 돌봐 줄 사람이 있다는 안도감은 긴장도를 낮춰 심리는 물론이고, 신체 건강에까지 긍정적인 영향을 미친다.

밥과 연탄으로 만든 길

행복센터(현 밥상공동체종합사회복지관) 신축을 위한 모금을 하던 시기에 청와대 사회수석이 원주를 방문했다. 그는 모금만으로 건물을 지으려면 시간도 오래 걸리고 보통 큰일이 아닐 테니 정부에 계획서를 보내면 돕겠다고 했다. 즉각 원주시와 논의해 추진했지만, 얼마 후 그만두었다. 분명히 거부할 이유가 없는 좋은 제안이었지만, 그렇게 하면 온전한 우리 건물이 아니기 때문이다. 우리 밥상공동체 연탄은행의 가족들이 직접 올린 소중한 건물이어야 의미가 있다. 공동체의 힘으로 지은 우리의 집이라는 주인의식이 있어야 편안하고 따뜻한 공간이 되리라 생각했다. 정부 지원을 받으면 큰 도움이야 되겠지만, 그러면 어르신들은 '손님'이 되고 만다. 다시 생각해 봐도 정말 잘한 결정이었다.

공동체는 모든 문제의 해답이 될 수 있다. 인간은 사회적 존재로 절대 혼자서 살 수 없고, 타인과 더불어 살면서 기쁨과 슬픔까지 함께 나누면서 살아갈 운명을 타고났기 때문이다. 공동체는 사람 사이의 유대와 협력을 통해 문제를 해결하는 방식을 제시한다. 공동체 안에서 마음껏 꿈꾸고, 새로운 변화를 도모하는 힘을 키우며, 개인과 공동체가 동반 성장하는 과정에서 문제의 해답을 찾아갔으면 한다.

공동체로 가는 길

쉼터 식구들과 함께 고물을 줍고 집수리하러 다녔더니 주변에서는 군이 그렇게 할 필요까지 있냐고 걱정했다. 모르는 분들은 "저 사람은 목사라면서 맨날 노숙인들하고 경운기를 타고 돌아다닌다."라며 의심 가득한 눈길로 바라보기도 했다. 없는 말은 아니라 반박은 못 하지만, 사실은 그게 다가 아니었다.

"자립하려면 부단히 노력해야 한다.", "도둑질이 나쁜 거지 고물 수거는 부끄러운 일이 아니다.", "나쁜 짓은 행여 생각도 말아야 한다.", "지금 처지가 안 좋아도 괜히 기죽을 필요 없다.", "어깨 펴고 더 당당하게……" 이동하는 중이나 음료수를 나눠 마시면서 틈틈이 설교 아닌 설교를 이어 갔다. 학교도 아닌데 딱딱하고 긴장된 분위기에서 훈계하듯이 했으면 끝까지 듣지도 않았을 것이다. 느슨하고 편안한 분위기에서 천천히 조심스럽게 다가갔다. 설령 한 귀로 듣고 흘리더라도 언젠가는 알아주리라는 마음으로 했다.

공동체라는 것이 "자, 모입시다!"라고 외친다고 뚝딱 완성되는 것이 아니다. 뭐 하나 손에 쥐여 준다고 우르르 모여들 리도 없다. 공동체를 이루는 핵심은 '서로를 향한 믿음'이다. 서로를 끈끈하게 이어 주는 강한 신뢰가 공동체를 이루는 가장 기본적인 '자원'이자 '원리'다. 이러한 신뢰 관계를 통해 서로 돌아보고 격려하며 위로한다. 모두가 주인이며 서로를 책임지려는 의식이 생겨난다.

밥과 연탄으로 만든 길

오랫동안 곤궁하게 살아온 분들과 신뢰 관계를 형성하기란 절대 쉬운 일이 아니다. 상당한 시간과 어마어마한 노력이 필요하다. 성급함은 금물이다. 아주 천천히, 그리고 조심스럽게 내가 그들의 문화에 젖어 들어야 한다. 밥 한 끼라는 접점을 시작으로 끊임없는 상호 작용을 통해 관계를 견고하게 쌓아 가는 과정을 거쳐야 그들이 나를 받아들인다. '이 목사님은 나를 위해 줄 사람, 믿을 만한 사람'이라는 마음이 생겨야지 변화가 시작된다. 이렇게 되기까지가 정말 어렵고 힘든 과정이다.

물론 모두가 내 뜻대로 움직여 주지는 않았다. 목사님의 도움을 받아 꼭 자립하겠다는 마음으로 온 사람이 있는 반면, 어차피 갈 곳도 없는데 여기에 있으면 숙식도 해결되고 술값이라도 벌겠다 싶어서 있으려는 사람도 있었다. 때로는 자기 마음에 들지 않는다고 내게 주먹을 휘두르고 행패를 부리기도 했다. 그래도 차마 내칠 수는 없었다. 그 어긋난 마음을 돌려놓는 것이 내가 할 일이기 때문이었다.

'인간 친화 지능'이라는 것이 있다. 소통하고 교류하는 타인과 집단의 특성을 민감하게 감지하고 그들의 감정과 행동을 파악하는 능력이다. 이 능력이 뛰어난 사람은 타인의 기분이나 바람 등을 세심하게 알아차리고 파악해서 적절하게 대처한다. 또 사람을 편하게 만들고 돕는 것을 좋아하며 의미 있는 관계를 만들어 내는 데 능하다. 나는 모든 국민이 인간 친화 지능을 향상하기를 바란다. 상대방의 기분, 의도, 동기, 감정을 더 잘 인지하고, 상대방의 입장에서 생각하면서 공감하고 배려했으면 좋겠다. 그렇게 공동체를 이루어 갈 수 있다.

지금 우리 사회는 약자, 취약계층에 대한 많은 배려와 관심, 끊임없는 소통이 필요하다.
공동체를 이루려면 서로를 향한 애틋한 마음이 필요하다.
아픈 아이를 보살피는 어머니의 마음이 절실하다.

사람을 믿는다

이솝 우화 『토끼와 거북이』에서 거북이는 토끼가 잠든 사이에 부지런히 기어가 경주에서 승리했다. 이 이야기는 자만한 토끼와 성실하고 끈기 있는 거북이를 대조해 교훈을 준다. 그런가 하면 거북이가 나쁘다는 의견도 있다. 토끼가 자고 있으면 혼자 갈 것이 아니라 깨웠어야 한다는 것이다. 경주에서 지더라도 같이 가야지, 그냥 내버려 두다니 정의롭지 못하다는 의견이다. 그러고 보니 우화 속 거북이는 확실히 공동체 의식이 부족했다.

지금은 집단보다 개인의 만족과 성취를 훨씬 더 중요하게 생각하는 시대다. 아예 '자발적 고립'을 선택하면서 타인과 함께하기를 거부하

밥과 연탄으로 만든 길

는 문화도 빠른 속도로 확산하고 있다. 타인에 대한 배려와 소통이 부족한 것은 물론이고, 공동체의 유대감이나 친밀감 따위는 필요도 없고 중요하지도 않다는 풍조다. 개인주의에 매몰된 나머지 공동체 의식을 고리타분하고 쓸모없는 것으로 깎아내리기까지 한다. 참 이상한 것은 그렇게까지 개인의 행복을 추구하며 사는데도 우울감과 무기력감에 시달리는 사람이 점점 많아진다는 사실이다. 왜 그럴까?

내가 보기에는 사회 구성원으로서 개인의 성취와 행복이 공동체의 그것과 조화를 이루지 못해 괴리감을 느끼기 때문이다. 이러면 아무리 열심히 살아도 도통 행복할 수가 없다. 사람은 혼자 살 수 없기에 자신이 속한 사회와 공동체의 힘을 무시해서는 안 된다. 물론 개인의 자유와 자율을 존중하고, 권리를 보장하며, 경쟁을 통해 사회 발전이 이루어져야 하는 것은 맞다. 하지만 이 역시 공동체의 가치를 준수하는 범위 안에서만 인정될 수 있다. 공동체 의식을 강화하려면 강한 자만이 살아남을 수 있다는 적자생존 법칙, 성공만을 추구하는 세태에서 하루빨리 벗어나야 한다.

그래도 나는 희망을 잃지 않는다. IMF 사태라는 국난이 닥치자 장롱에 있던 금반지를 가지고 나온 사람들, 늦은 밤 원주천 쌍다리 아래에 찬거리를 놓고 간 사람들, 한밤중에 초인종을 눌러도 박대하지 않고 가진 돈을 전부 내어준 사람들, 연탄 봉사가 습관이 된 사람들, 몇 번이나 이름을 바꾸어 모금해 준 사람들……. 어둠 속에서 밝은 빛으로 반짝이며 내게 길을 알려 준 이들을 분명히 보았기 때문이다.

나는 사람 내면의 선한 영성과 희망을 믿는다. 지금은 사회와 정치 경제적 시스템 탓에 그 선한 영성이 위축되고 잠시 잊혔을 뿐이다. 밝음은 어둠에서, 맑음은 탁함에서 비롯된다고 했다. 지금 우리 사회에 전에 없는 개인주의와 이기주의가 만연한다지만, 위기가 닥치면 선한 영성을 다시 발휘하리라. 그때에는 누구도 상상하지 못한 커다란 연대와 강력한 협력을 이루어 낼 것으로 생각한다.

결국에는 공동체 안에서 믿음으로 서로 돕고, 위로하고, 의지하고, 응원하고, 사랑하리라 굳게 믿는다.

밥과 연탄으로 만든 길

에필로그

은퇴하면 대학 총장으로 살 계획이다. 내가 갈 대학은 규모는 작다할 수 있겠으나, 하버드, 옥스퍼드, MIT보다 더 좋은 대학이다. 1평 남짓한 캠퍼스가 원주 밥상공동체종합사회복지관 바로 길 건너편에 있다. 설립한 지는 꽤 되었고, 그동안 이기복 학장이 잘 운영해 주었다. 그가 다른 곳에 제2캠퍼스를 설립하고 총장으로 영전해 가서 지금은 잠시 휴교한 상태다. 이 대학은 바로 '구두대학'이다.

무슨 인연인지 나와 이름이 같은 이기복 씨는 IMF 사태에 거리로 내몰린 60대 가장이었다. 아내마저 가출해서 삶의 희망을 모두 잃고 무력감과 자괴감에 빠진 상태로 쉼터로 왔다. 사정 이야기를 듣고 잘하는 일이 뭐냐고 물었더니, 다른 건 못 해도 구두 하나는 정말 잘 닦는다고 하기에 구둣방을 열기로 했다. 괜찮은 자리도 찾았다. 원주 KBS 건물 뒤편에 쓰레기를 버리는 곳인데 오가는 사람이 많은 거리여서 목이 좋았다. 깨끗하게 청소하고, 민원이 들어올 수도 있으니 주민들에게 서명도 받았다. 이렇게 해서 세계에 하나밖에 없는 대학, '구두대학'이 개교했다.

구두 하나는 정말 잘 닦는다더니 정말이었다. 구두대학은 금세 소문이 나서 고정 손님이 많아졌고, 방송국 사람들도 구두를 맡기고 갔다. 소식을 들은 아내가 돌아오자 이기복 씨는 그동안 모은 돈으로 방을 얻었다. 노숙인 자립 성공 사례로 방송에도 소개되었다. 나중에는 복지부 장관까지 와서 1평짜리 구두대학을 둘러보고 갔다. 당시 쉼터 노숙인들에게 구두대학은 가장 값진 기술을 알려 주는 진짜 대학이었다. 학장인 이기복 씨가 직접 구두 수선하는 법을 가르쳐서 제자도 여럿 배출했다. 대학이 뭐 별거인가? 사람이 다니면서 공부하고 익히는 곳이면 대학이다. 구두대학은 돈이 있어야 가는 대학도 아니고, 돈이 없다고 못 가는 대학도 아니다. 기술을 배워 열심히 살겠다는 마음만 있으면 누구나 입학할 수 있고, 등록금도 무료다.

구두대학 앞에 가지런히 놓인 구두들을 보면 어김없이 옛 생각이 난다. 신학교에 다니던 시절, 버스가 끊기면 나는 낡아빠진 구두를 양손에 들고 맨발로 산길을 걸었다. 내 숨소리만 들리는 그 고요하고 어두운 길에서 복음송가를 흥얼거리면서 "저를 목사로 만들어 주시면 고통받는 사람들을 위해 봉사하겠습니다."라고 기도했다. 밥상공동체를 만든 후에는 매일 아침, 해도 뜨지 않은 시간에 나와서 원주 뚝방길을 걸었다. 오늘 하루는 또 어떤 분들을 만나 나누고 섬길 수 있을지를 생각하며 기도했다. 바람에 흔들리는 길가의 풀잎들 사이로 진지 잡숫는 어르신 얼굴이 보이고, 나무들은 새로운 삶을 살고자 열

밥과 연탄으로 만든 길

심히 일하는 쉼터 사람들처럼 보였다. 저 멀리에 죽 늘어선 다리 기둥은 꼭 연탄 지게를 지고 달동네를 오르는 우리 봉사자들 같았다.

목사가 되어 고통받는 사람들을 위해 봉사하겠다는 평생의 꿈을 이루고자 앞만 보고 달려왔다. 도둑질 빼고는 다 했고, 잠은 사치나 다름없었다. 힘들었지만, 그렇기 때문에 더 열심히 했다. "산이 내게 오지 않으니, 내가 산으로 갈 수밖에 없었다."라는 어느 산악인의 말처럼 어디든 내가 제일 먼저 달려갔다. 다른 사람들이 강한 망치가 되려고 할 때, 나는 나무를 고정하는 못이 되겠다는 마음으로 살았다. 내가 좀 두들겨 맞더라도 군데군데 낡고 부서진 그들을 단단하게 지탱해 주고 싶었다. 어렵고 힘든 이웃들이 고통스러운 인생길에서 버틸수 있도록 조금이라도 도움을 줄 수 있는 못의 길을 걷고자 했다.

그렇게 살았더니 해외 키르기스스탄을 비롯해 정부와 지자체 등 여기저기서 상도 많이 받았다. 그중에서 내가 가장 좋아하는 상이 두 개있다. 하나는 우리 밥상공동체에서 매일 받아서 먹는 '밥~상'이고, 다른 하나는 김상래 어르신이 내게 주신 상이다. 어르신은 우리 복지관에서 1년 가까이 한글을 배우셨다. 하루는 내게 오시더니 수줍은 표정으로 종이 한 장을 내밀었다. 어르신이 직접 "허기복 관장님, 한글을 가르쳐 줘서 감사합니다."라고 쓴 상장이었다. 그렇게 열심히 한글을 배우고 익히시더니 한글 교실을 졸업하는 날, 한 글자, 한 글자

정성 들여 써서 내게 상을 주셨다. 내게는 어떤 상보다 더 중요하고 가장 소중한 상이다.

이렇게 귀한 상을 받기까지 우여곡절이 참 많았다. 누군가는 반드시 해야 할 일을 한다는 사명감에 모든 것을 바쳤고, 가슴 깊이 사랑하며 섬겼다. 할 수 있는 모든 것을 시도했고, 감사하게도 거의 실패한 적 없이 바라는 일들을 이루었다. 그래도 내 머릿속은 언제나 '~ing'다. 앞으로 내 건강이 허락하는 범위 안에서 어떤 일을 더 해야 할지 늘 고민 중이다. 나눔과 섬김에는 끝이 있을 수 없기 때문이다.

언젠가 텔레비전에서 〈영웅-천하의 시작〉이라는 영화를 보았다. 진시황을 암살하고자 모인 강호의 고수들 사이에 벌어지는 갈등을 그린 영화였다. 영화의 마지막, 진시황은 자신을 죽이러 온 자객에게 "최고의 검은 사람의 마음을 얻는 것이다. 검술의 최고 경지는 평화다."라고 말한다. 성취도 중요하지만, 사람도 그만큼 중요하다는 의미리라. 이는 최근 들어 내 머릿속을 떠도는 의문이다. 혹시 어려운 이웃을 돕는다는 미명 아래, 누군가에게 상처를 주고 그를 잃은 것은 아닐까? 내가 하는 일에 빠져들어 본의 아니게 누군가를 불편하게 한 것은 아닐까? 내가 가장 바란 것은 결국 '사람을 높이고 세우는 일'이다. 그런데 지금 와서 생각해 보니 의도치는 않았으나 나 때문에 힘들었던 사람도 있었으리라 생각한다.

밥과 연탄으로 만든 길

이런 의미에서 가족은 항상 고맙고, 미안한 사람들이다. 나 같은 가장을 두어서 서운하기도 하고 답답하기도 했을 것이다. 특히 아내는 누구보다 인내하며 늘 기다려 주는 사람이다. 가진 것이라고는 믿음뿐이었던 나를 선택한 탓에 너무도 많은 고생을 했기에 늘 미안하고 감사하다. 두 아들은 어렸을 때, 아버지의 얼굴을 자주 보지 못했다. 아이들이 초등학생 때 밥상공동체를 시작했으니, 아버지가 매일 형편이 어려운 분들을 돕는다고 동분서주하는 모습만 기억할 것이다. 그런데도 각각 사회복지사, 목회자의 길을 선택해 내가 걸어온 길을 뒤따르니 고맙고 자랑스럽다.

좋은 신발은 좋은 일이 있는 곳으로 데려가 준다는 말이 있다. 내게 좋은 신발이란 깨끗하고 편안한 신발이다. 은퇴한 후에는 1평짜리 구두대학에서 어르신들의 신발을 더 좋게 만들어 드리려고 한다. 더러워진 부분은 깨끗하게 닦고, 터지거나 닳은 곳은 말끔하게 고쳐서 신겨 드릴 것이다. 어르신들이 깨끗하고 편안한 신발을 신고 늘 좋은 곳에서 환대받으시기를 바라는 마음을 담아 전하려고 한다.

세상은 정말 아름다워서 아름다운 것이 아니라, 아름답게 생각하니까 아름다운 것이다.

이 책을 집어 든 고마운 독자님들도 나와 같이 아름다운 세상을 바라보며 살기를 바란다.

아주 작은 나눔과 섬김이 만드는 전율을 느끼며 늘 건강하게 행복한 삶을 꾸려 나가기를 기도한다.

2024. 06.
하늘 같은 밥과 땅 같은 연탄 앞에서
섬김이 허기복

밥과 연탄으로 만든 길

밥과 연탄으로 만든 강

© 허기복, 2024

초판 1쇄 발행 2024년 9월 1일
　　2쇄 발행 2024년 12월 25일

지은이　　허기복

주소　　　법인사무국_ 강원특별자치도 원주시 일산로 81-2
　　　　　서울연탄은행_ 서울특별시 용산구 후암로 57길 51-12

전화　　　법인사무국_ 1577-9044
　　　　　서울연탄은행_ 02) 934-4933

팩스　　　법인사무국_ 033)766-4935
　　　　　서울연탄은행_ 02)932-4932

이메일　　mail@babsang.or.kr
홈페이지　www.babsang.or.kr

펴낸이　　이기봉
편집　　　좋은땅 편집팀
펴낸곳　　도서출판 좋은땅
주소　　　서울특별시 마포구 양화로12길 26 지월드빌딩 (서교동 395-7)
전화　　　02)374-8616~7
팩스　　　02)374-8614
이메일　　gworldbook@naver.com
홈페이지　www.g-world.co.kr

ISBN　979-11-388-3503-9 (03810)